KB203646

변신

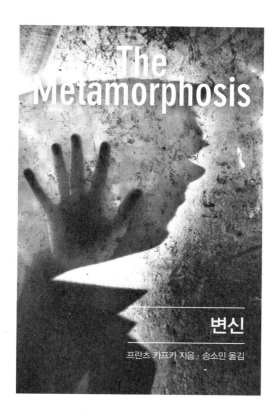

The Metamorphosis

변신

프란츠 카프카 지음 · 송소민 옮김

책만드는집

차 례

1

변신

Die Verwandlung

Die Verwandlung

I

어느 날 아침 불안한 꿈에서 깨어
난 그레고르 잠자는 침대에 있는 자신이 엄청나게 큰 해
충으로 변해 있는 것을 발견했다. 그는 딱딱한 등딱지를
대고 누워 있었는데 고개를 약간 드니 갈색의 둥그런 배
가 보였다. 불룩 솟아오른 배는 활처럼 휘어진 각질角質
의 마디로 나누어져 있었다. 이불은 거의 다 미끄러져 내
려가 간신히 배를 덮고 있었다. 몸체에 비해 형편없이 빈
약하고 가느다란 수많은 다리가 버둥대는 게 눈앞에 어
른거렸다.

'대체 무슨 일이지?'

그는 생각했다. 꿈은 아니었다. 조금 조잡하기는 하지만 제대로 갖추어진, 사람이 사는 그의 방은 낯익은 네 개의 벽으로 둘러싸인 채 그대로 있었다. 탁자 위에는 포장이 풀린 옷감 견본품이 펼쳐져 있었고—잠자는 출장 영업 사원이었다—벽에는 얼마 전에 화보 잡지에서 오려낸 그림을 넣은 금박 테두리의 예쁜 액자가 걸려 있었다. 모피 모자에 모피 목도리를 두른 여인이 똑바로 앉아 있는 그림이었다. 그림 속 그녀는 보는 사람을 향해 팔을 완전히 가린 두툼한 모피 토시를 쳐들고 있었다.

그레고르의 시선은 창문을 향했다. 흐린 날씨가—양철로 된 창문턱에 빗방울이 떨어지는 소리가 들렸다—그를 몹시 우울하게 만들었다.

'좀 더 잠을 푹 자고 나면 이 모든 괴상한 일을 깨끗이 잊을 수 있겠지' 하고 그는 생각했다. 그러나 그것은 전혀 불가능한 일이었다. 그는 오른쪽으로 누워 자는 버릇이 있었는데, 현재 그의 상태로는 그렇게 할 수가 없었기 때문이다. 그는 오른쪽으로 누우려고 안간힘을 썼지만 그때마다 다시 몸이 흔들리며 똑바로 누운 자세로 돌아왔다. 그는 백 번쯤 그런 시도를 해보았고, 버둥거리는 다리들을 보지 않으려고 눈을 질끈 감았다. 옆구리에 지금까지 한 번도 느껴본 적이 없는 둔탁한 아픔이 약하게 느껴지기 시작했을 때야 비로소 그는 옆으로 눕기를 포기했다.

'아, 맙소사.'

그는 생각했다.

'내가 너무 고된 직업을 가진 탓이야! 하루가 멀다 하고 매일 출장을 가야 하니. 회사에 앉아 일하는 것보다 스트레스도 훨씬 많고, 게다가 출장을 다니는 고달픔은 늘 부담스러워. 매번 기차를 갈아타느라 신경 써야지, 불규칙하고 형편없는 식사에, 항상 상대가 바뀌어 결코 지속될 수도 진실로 대할 수도 없는 인간관계. 모두 지옥에나 떨어져 버려라!'

배 위가 약간 가려운 느낌이 들었다. 그래서 그는 머리를 좀 더 쳐들 수 있도록 천천히 등을 침대 기둥 쪽으로 밀었다. 하얀 색 작은 반점이 앉은 가려운 곳을 발견했지만, 그게 뭔지는 알 수 없었다. 다리 하나로 그곳을 만져보려 했으나 곧 움찔하고 제자리로 다리를 돌려놓았다. 그곳을 건드리자 소름이 쫙 끼쳤기 때문이다.

그는 다시 아까의 자세로 돌아왔다. 그리고 생각했다.

'이렇게 새벽에 일찍 일어나는 게 사람을 멍청하게 만드는구나. 사람은 잠을 푹 자야 하는데. 다른 출장 영업 사원들은 하렘 여자들처럼 느긋하게 지내지 않는가. 예를 들어 내가 오전에 주문받은 서류를 작성하려고 여관으로 돌아오면 그들은 그제야 아침 식사를 하며 앉아 있지. 나도 그러겠다고 사장에게 한번 말을 해볼까. 그러면 직장에서 쫓겨날걸. 하지만 쫓겨나는 게 차라리 내게 좋은 일일지 누가 알겠어. 부모님 때문에 소심하게 있지 않았더라면 진작에 사표를 냈을 텐데. 사장 앞에 딱 나서서 평소 마음에 품고 있던 말을 모조리 내뱉었을 거다. 그러면 사장은 책상에서 털썩 주저앉겠지! 높은 책상 위에 걸터앉아 고용인을 내려다보며 말하는 태도도 꽤 괴상한 버릇이야. 더구나 사장은 귀가 어두워 직원들이 바짝 다가가야 하잖아. 어쨌든 아직은 희망이 전혀 없는 것도 아니야. 부모님이 사장에게 진 빚을 갚을 돈을 언젠가 다 모으기만 하면―그러자면 한 오륙 년쯤 더 걸리겠지만―이 일은 반드시 해내고 말 테다. 그러면 큰일을 해내는 셈이야. 우선 빨리 일어나야겠다. 기차가 다섯 시에 떠나니까.'

그리고 그는 책상 위에 있는 자명종을 쳐다보았다.

'이런, 세상에!'

벌써 여섯 시 반이었다. 시곗바늘은 천천히 앞으로 가고 있었고, 이미 삼십 분도 훌쩍 지나 거의 사십오 분이 되어가고 있었다. 자명종이 울리지 않았나? 침대에서 보아도 네 시에 시간을 맞추어놓은 것이 보였다. 그러니 시계는 틀림없이 울렸을 것이다. 그래, 하지만 가구가 흔들릴 정도의 요란한 소리에도 편안하게 잠을 잘 수 있었다는 게 가능한 일일까? 물론 그는 편안하게 잠을 자지는 못했다. 하지만 어쩌면 그랬기 때문에 더 깊이 잠이 들었는지도 모른다. 그런데 이제 어떻게 해야 하지? 다음 기차는 일곱 시에 있다. 그걸 타려면 죽도록 서둘러야 한다. 견본품은 미처 꾸려놓지 못했고, 몸도 찌뿌드드한 게 잘 움직여지지 않는 느낌이 든다. 설사 그 기차를 잡아탄다 해도 사장의 호통을 면치 못할 게 뻔하다. 사환이 다섯 시 기차를 기다렸다가 그가 늦은 사실을 이미 알렸을 테니. 줏대도 이해심도 없는 사환은 사장의 꼭두각시였다. 아프다고 하면 어떨까? 그건 지극히 수치스럽고 의심을 사기에 더없이 좋은 핑계가 될 것이다. 왜냐하면 그레고르는 오 년 동안 근무를 하면서 단 한 번도 아파서 결근한 적이 없었기 때문이다. 분명히 사장은 의료보험조합의 의사와 함께 찾아와 게으른 아들을 두었다고 부모님에게 비난을 퍼부을 것이다. 게다가 의료보험조합 의사의 의견을 빌려 어떤 항변도 여지없이 가로막아 버릴 것이다. 그 의사의 입장에서 아픈 사람이란 건강하지만 일하기 싫어하는 사람일 뿐인 것이다. 그런데 이 경우에도 그가 완전히 틀렸다고 할 수 있을까? 그레고르는 실제로 오랜 시간 잠을 잔 후에 여전히 남아 있는 졸린 기운을 제외하고는 몸 상태가 꽤 좋을 뿐만 아니라, 심지어 배도 무척 고팠다.

그가 침대에서 나와야겠다는 결심을 하지 못한 채 짧은 시간 동안 이 모든 것을 고려해보고 있을 때ㅡ때마침 자명종은 여섯 시 사십오 분을 가리켰다ㅡ침대 머리맡에 있는 문에서 조심스럽게 노크하는 소리가 났다. "그레고르" 하고 부르는 소리가 들렸다. 어머니였다.

"여섯 시 사십오 분이구나. 나가야 된다고 하지 않았니?"

이 부드러운 목소리! 그레고르는 대답하는 자신의 목소리를 듣고 소스라치게 놀랐다. 그것은 틀림없이 예전의 자기 목소리였지만, 저 깊숙한 곳에서 나오는 것 같은, 참을 수 없는, 고통스럽게 삑삑거리는 소리가 섞여 있는 것이었다. 처음에는 분명하게 말이 나오다가 뒤에 가서는 삑삑대는 소리 때문에 말꼬리가 흐려져 무슨 말을 하는지 제대로 알아들을 수가 없었다. 그레고르는 충분히 대답하고 모든 것을 설명하려 했으나 이런 상태에서는 이렇게 대답할 수밖에 없었다.

"예, 예, 어머니, 고마워요. 벌써 일어났어요."

문이 나무로 되어 있어 밖에서는 그레고르의 목소리가 변했다는 것을 알아채지 못한 모양이었다. 어머니가 그 말에 안심을 하고 신발을 질질 끌며 자리를 뜬 걸 보면 말이다. 그러나 이 짧은 대화로 인해 다른 식구들도 그레고르가 아직도 집에 있다는 사실을 알게 되었다. 금세 아버지가 약하긴 하지만 주먹으로 옆문을 두드렸다.

"그레고르, 그레고르!"

아버지가 크게 불렀다.

"대체 무슨 일이냐?"

아버지는 잠깐 있다가 다시 좀 더 굵직한 목소리로 재촉했다.

"그레고르! 그레고르!"

또 다른 옆문에서는 여동생이 자그마한 목소리로 애원했다.

"오빠? 몸이 안 좋아? 뭐 필요한 것 있어?"

그레고르는 양쪽 문에 대고 대답했다.

"준비 다 됐어요."

그는 자신의 목소리가 이상하게 들리지 않도록 말 한 마디마다 충분히 사이를 두어 아주 세심하게 발음하려고 애썼다. 아버지는 먹다 만 아침 식사를 하러 돌아갔지만 여동생은 아직도 속삭이고 있었다.

"오빠, 문 좀 열어봐. 제발."

그러나 그레고르는 문을 열 생각이 전혀 없었다. 오히려 출장을 다니면서 얻은 버릇으로 밤에는 집에서도 문을 잠그는 조심성을 다행으로 여겼다.

우선 그는 방해받지 않고 편하게 일어나 옷을 입고서, 무엇보다도 먼저 아침을 먹고 싶었다. 그런 후에 그 다음 일을 좀 더 생각해보려 했다. 침대에 누워서는 마땅한 결론이 나지 않으리라는 것을 알았기 때문이다. 그는 불편하게 잔 탓인지 침대 속에 있을 때는 가벼운 고통이 느껴지다가도 막상 일어나면 그 고통이 순전히 착각이었던 적이 있었음을 기억해냈다. 그래서 그는 오늘 아침의 착각이 어떻게 사라질 것인지 궁금해졌다. 목소리의 변화는 출장 영업 사원의 직업병인 지독한 감기 증상일 뿐이라는 것을 조금도 의심하지 않았다.

이불을 떨쳐내는 일은 아주 쉬웠다. 몸을 조금 부풀렸더니 스스로 미끄러져 내렸다. 그러나 그 다음부터의 일은 어려웠다. 그의 몸이 옆으로 어마어마하게 퍼져 있었기 때문이다. 몸을 일으키기 위해서는 손과 팔이 있어야 하는데, 그 대신 작은 다리만 여러 개 있었다. 다리들은 끊임없이 제각각으로 놀고 있었고, 그는 그것을 마음대로 움직일 수 없었다. 다리 하나를 구부리려 하면 그 다

리가 먼저 쭉 펴졌다. 그가 마침내 다리 하나를 겨우 원하는 대로 움직이도록 만들면 그 사이에 다른 다리들은 아픔을 느끼면서 모두 제멋대로 버둥거렸다.

"할 일 없이 침대에만 누워 있을 수는 없어."

그레고르는 혼잣말을 했다.

우선 그는 하체를 침대에서 끌어내기로 했다. 그러나 아직 자신도 보지 못했으며, 어떻게 생겼는지 상상도 할 수 없는 하체를 움직이기는 아주 어려웠다. 무척이나 천천히 움직였던 것이다. 마침내 화가 치민 그는 될 대로 되라는 식으로 있는 힘껏 하체를 앞으로 밀쳐냈는데, 그만 방향을 잘못 잡는 바람에 아래쪽 침대 모서리에 세게 부딪히고 말았다. 곧바로 지독한 통증이 느껴졌고, 그는 하체가 가장 예민한 부분이라는 것을 알게 되었다.

그래서 그는 상체를 먼저 침대에서 나오게 하려고 머리를 조심스럽게 침대 모서리로 돌렸다. 이 일은 쉽게 할 수 있었다. 몸은 넓적하고 무거웠지만 머리가 움직이는 방향으로 천천히 움직여주었다. 그러나 머리를 침대 밖 허공에 내놓았을 때, 그는 이렇게 계속 밀고 나가기가 겁이 났다. 이런 식으로 가서 몸이 아래로 떨어진다면 기적이 일어나지 않는 한 머리를 다치게 될 것은 뻔한 일이었기 때문이다. 지금은 무슨 일이 있어도 의식을 잃어서는 안 되었다. 그러니 차라리 침대에 머무는 게 나을 듯싶었다.

그러나 그가 한숨을 내쉬며 똑같은 노력을 들여 원래의 위치로 되돌아오자 다시금 작은 다리들이 아까보다 더 버둥대며 서로 다투었다. 이런 상황을 안정시키고 질서를 잡을 가망은 전혀 없어 보였다. 그래서 그는 다시 침대 속에만 있을 수는 없다고 생각했다. 조금이라도 희망이 있다면 온갖 희생을 불사하고서라도 침대에서 벗어나는 게 현명한 행동인 것 같았다. 그러나 동시에 자포자기에서 비롯된 결심보다는 침착한 숙고가 더 낫다고 간간이 마음을 다잡는 것을 잊지 않았다. 그런 순간이면 그는 한껏 날카로운 시선으로 창문을 향했다. 그러나 유감스럽게도 좁은 거리의 맞은편조차 짙은 아침 안개가 드리워져 있어 활기와 낙관적 기대를 얻는 데 도움이 되지는 못했다.

"벌써 일곱 시다."

그는 새로이 울리는 자명종 소리에 중얼거렸다.

"벌써 일곱 시인데, 아직도 저렇게 안개가 자욱하구나."

그는 잠시 얕은 숨을 내쉬며 가만히 누워 있었다. 마치 아주 고요한 휴식으로부터 혹시 실제의 자연스런 모습으로 돌아오지 않을까 기대라도 하는 것 같았다.

그러다 그는 혼잣말을 했다.

"무슨 일이 있어도 일곱 시 십오 분 전에는 침대에서 일어나야 해. 그때쯤이면 회사에서 누가 나에 대해 물으러 올 거야. 사무실은 일곱 시 전에 문을 여니까."

그는 이번에는 몸 전체를 일정하게 흔들어 침대 밖으로 빠져나오려고 했다. 그런 식으로 몸을 떨어뜨릴 때 다치지 않도록 주의해서 머리를 잘 쳐들고 있으면 괜찮을 것이었다. 등은 딱딱한 것 같으니 양탄자 위로 떨어지면 아무런 문제가 없을 것 같았다. 가장 걱정되는 것은 바닥으로 떨어질 때 틀림없이 크게 날 쿵 하는 소리였다. 그 소리에 문밖에 있는 식구들이 소스라치게 놀라지는 않더라도 걱정을 하게 될 것이 분명했다. 그러나 일을 감행해 보는 수밖에 없었다.

그레고르가 절반쯤 몸을 침대 밖으로 내놓았을 때―새로운 방법은 힘들다기보다 재미있는 놀이에 가까워, 몸을 계속 좌우로 흔들기만 하면 되었다―문득 누가 자기를 도와주러 온다면 모든 일이 얼마나 수월할까 하는 생각이 들었다. 힘센 두 사람만 있으면―그는 아버지와 하녀를 생각했다―충분하고도 남을 것이다. 그들은 팔을 둥그런 등 밑에 밀어 넣고 그를 침대에서 들어내 허리를 굽혀 그대로 내려놓은 후, 바닥에서 그가 몸을 뒤집을 때까지 기다려주기만 하면 될 것이다. 그 다음엔 작은 다리들이 바라건대 제 구실을 할 테니 말이다. 그렇다면 문이 잠겨 있다는 사실은 그렇다 치고 정말로 도와달라고 외쳐야 할까? 그는 자신이 처한 모든 곤경에도 불구하고 그 생각을 하자 웃음을 참을 수 없었다.

그는 몸을 점점 더 세게 흔들어 이제 더는 중심을 잡기가 어려운 상태에 이르렀다. 곧 마지막 결단을 내려야만 했다. 오 분만 있으면 일곱 시 십오 분이 되기 때문이었다. 그때 현관에서 초인종이 울렸다.

"회사에서 누가 왔구나."

그는 중얼거리며 거의 꼼짝도 않고 있었지만 작은 다리들은 더욱더 요란하게 춤을 추었다. 한순간 사방이 고요해졌다.

"식구들이 문을 열어주지 않는 걸까?"

그레고르는 중얼거리며 터무니없는 희망에 사로잡혔다. 그러나 늘 그래왔던 것처럼 하녀가 현관으로 척척 걸어가 문을 열었다. 그레고르는 방문자의 인사말 첫마디만 듣고도 그가 누군지 대번에 알 수 있었다. 지배인이었다. 그레고르는 왜 하필 지극히 사소한 게으름을 부려도 자기만 유난히 극도의 의심을 사는 그런 회사에 다니는 팔자가 되었을까? 다른 사원들은 모두가 한량이란 말인가? 그들 중에는 아침에 겨우 몇 시간 회사 일을 못 한 걸 가지고 죄책감 때문에 어쩔 줄 모르고, 마침내 침대를 떠날 수 없는 상태에 있는 충직한 사람이라고는 한 사람도 없단 말인가? 수습사원을 보내 물어봐도 충분하지 않았을까?—도대체 물어보는 일이 필요하다면 말이다—그런데 지배인이 직접 찾아와 이런 의혹은 꼭 지배인만이 조사하고 판단할 수 있다는 사실을 아무 죄도 없는 가족들에게까지 다 알려야 한단 말인가? 그레고르는 옳은 결정을 내려서라기보다는 이런 생각에 잠겨 점차 흥분한 탓에, 마침내 온 힘을 다해 몸을 흔들어 침대 밖으로 떨어졌다. 부딪치는 소리가 났지만, 아주 커다란 소리는 아니었다. 양탄자 위로 떨어진 덕에 소리가 어느 정도 약해졌고, 등도 그레고르가 생각했던 것보다 탄력이 있었다. 그래서 그리 크지 않은 둔탁한 소리가 났을 뿐이었다. 단지 충분히 조심하지 않은 탓에 그만 머리를 부딪히고 말았다. 그는 화도 나고 아프기도 해서 머리를 돌려 양탄자에 대고 문질렀다.

"저 안에서 뭔가 떨어졌습니다."

지배인이 왼쪽 옆방에서 말했다. 그레고르는 지배인에게도 오늘 자신이 처한 일과 비슷한 일이 일어나지 않을까 상상해보았다. 그럴 가능성도 있었다. 그러나 이런 의문에 딱 잘라 대답이라도 하듯 지배인은 옆방에서 뚜벅뚜벅 몇 걸음 걸으며 에나멜가죽 장화가 삐걱거리는 소리를 냈다. 오른쪽 옆방에서는 여동생이 그레고르에게 귀띔해주기 위해 속삭였다.

"오빠, 지배인이 찾아왔어."

"알아."

그레고르는 무심코 말을 내뱉었다. 그러나 감히 여동생이 들을 수 있을 만큼 크게 목소리를 높이지는 못했다.

"그레고르."

이제는 아버지가 왼쪽 옆방에서 말했다.

"지배인님이 오셔서 네가 왜 새벽 기차로 떠나지 않았는지 물으시는구나. 우린 뭐라고 말씀드려야할지 모르겠다. 게다가 너와 직접 얘기를 하고 싶어하신단다. 그러니 제발 문을 열어다오. 방이 어질러진 것쯤은 양해를 해주실 게다."

"잠자 씨, 안녕하십니까?"

그 사이에 지배인이 다정하게 불렀다.

"애가 몸이 좋지 않은가 봐요."

아버지가 여전히 문에 대고 말하는 동안, 어머니가 지배인에게 말을 걸었다.

"몸이 아픈 모양이에요. 지배인님, 제 말이 틀림없어요. 그렇지 않고서야 그레고르가 왜 기차를 놓치겠어요! 머릿속이 회사 일로 가득한 아이인데요. 저로서는 애가 저녁에 외출도 하지 않는 게 몹시 속이 상할 지경이에요. 지금 여드레째 여기 시내에 있으면서도 저녁이면 집에만 틀어박혀 있답니다. 식탁에서 우리 옆에 앉아 조용히 신문을 읽거나 기차 시간표를 꼼꼼히 살펴보고 있지요. 실톱으로 뭔가 만드는 게 유일한 심심풀이예요. 이삼일간 저녁 시간을 투자해서 작은 액자를 만든 적이 있답니다. 얼마나 잘 만들었는지 보시면 놀라실 거예요. 그 액자를 자기 방 안에 걸어두었지요. 그레고르가 문을 열면 금방 액자를 보시게 될 거예요. 그건 그렇고 지배인님께서 오시니 얼마나 기쁜지 모르겠어요. 우리만으로는 그레고르에게 문을 열라고 할 수가 없었답니다. 무척 고집을 부려서요. 틀림없이 몸이 안 좋은가 봐요. 애는 아침에 한사코 그렇지 않다고 했지만 말이에요."

"곧 갈게요."

그레고르는 생각에 잠겨 천천히 말하고는 밖에서 하는 대화를 한마디도 놓치지 않으려고 꼼짝도 하지 않았다.

"부인, 저도 달리 이해할 방법이 없군요."

지배인이 말했다.

"부디 심각한 일이 아니기를 바랍니다. 그러나 한편으로는 이렇게 말씀드려야겠습니다. 우리 사업하는 사람들은—다행인지 불행인지 모르겠지만—가벼운 피로쯤은 일을 생각해서 참고 이겨내야 할 때가 많습니다."

"그러면 이제 지배인님을 네 방으로 들어가시도록 해도 되겠지?"

초조해진 아버지가 물으며 다시 문을 두드렸다.

"안 돼요."

그레고르가 말했다. 왼쪽 옆방에서 어색한 침묵이 흘렀다. 오른쪽 옆방에서는 여동생이 훌쩍거리기 시작했다.

왜 여동생은 다른 식구들이 있는 쪽으로 가지 않는 것일까? 아마 이제야 침대에서 일어나 옷을 다 갖추어 입지도 않은 모양이다. 그런데 왜 울까? 그가 일어나지도 않고 지배인을 들어오지도 못하게 해서? 그가 직장을 잃으면 사장이 부모님에게 예전의 빚을 갚으라고 독촉할까 봐? 하지만 당장에야 이런 걱정은 쓸데없는 것이다. 그레고르는 아직도 여기에 있고, 가족을 저버릴 생각은 조금도 하지 않았다. 물론 이 순간은 양탄자 위에 누워 있지만, 그의 상태를 아는 사람이라면 지배인을 들이도록 진정으로 요구하지는 않을 것이다. 나중에 적당히 둘러댈 수 있는 이런 사소한 결례 때문에 그레고르를 당장 해고할 수는 없을 것이다. 그래서 그레고르로서는 지금은 울며불며 설득하면서 자기를 괴롭히기보다는 조용히 내버려 두는 게 더 현명한 일로 생각되었다. 하지만 그들을 당황스럽게 만들고 또 그들의 행동을 그럴 만하다고 여기게 하는 것은 바로 상황의 불확실성이었다.

"잠자 씨."

이제 지배인이 언성을 높였다.

"대체 왜 그러시오? 당신은 방 안에 들어앉아 아무도 들어가지 못하게 막아놓고 그저 예, 아니오라는 대답만 하고 있으니 부모님에게 쓸데없는 걱정을 끼치고 있지 않습니까—말이 나왔으니 하는 말이지만—당신은 업무 상의 의무를 정말 뻔뻔스런 방식으로 태만히 하고 있군요. 내가 당신의 부모님과 사장님을 대신해 말하는데, 즉시 짧고 분명한 해명을 해주기를 진심으로 바랍니다. 정말 놀랍습니다. 놀라워요. 나는 당신을 침착하고 이성적인 사람이라고 알고 있었는데, 이제 보니 느닷없이 괴상한 변덕을 부리려는 것 같군요. 사장님께서 아침 일찍 당신의 태만에 대해 그럴 만한 이유가 있음을 내비치시긴 했습니다만—얼마 전에 맡긴 수금 건 때문이라고 말이죠—어쨌든 나는 그런 이유는 당치도 않다고 내 명예를 걸고 진정으로 맹세를 했습니다. 그런데 이제 도저히 이

26 변신

해할 수 없는 당신의 고집을 보니, 조금이라도 당신을 변호해주려던 생각이 싹 달아나 버리는군요. 그리고 당신의 직위도 절대로 확고부동한 것이 아닙니다. 나는 애초에 당신과 단둘이 얘기하려고 왔는데, 당신이 내 시간을 헛되이 낭비하도록 하고 있으니 당신 부모님이 실상을 듣지 않게 이야기해야 될 이유를 모르겠군요. 최근에 당신의 실적은 아주 형편없었습니다. 요즘이 특별히 영업이 잘되는 시기가 아니라는 건 압니다. 하지만 전혀 영업이 안 되는 시기도 없지 않습니까? 잠자 씨, 물론 그런 시기는 있어서도 안 되겠지요."

"하지만 지배인님."

그레고르는 자기도 모르게 외쳤고, 흥분한 나머지 다른 것은 죄다 잊어버리고 말았다.

"지금 당장 문을 열겠습니다. 가벼운 몸살 때문에 현기증이 나서 일어날 수가 없었습니다. 아직도 침대에 누워 있습니다. 하지만 벌써 다 나았어요. 막 침대에서 일어나려는 참입니다. 아주 잠깐만 기다려주세요! 생각만큼 몸이 말을 듣지 않네요. 하지만 이미 좋아졌어요. 사람에게 어떻게 이런 일이 생길 수 있을까요! 어제저녁만 해도 아무렇지도 않았는데 말이죠. 그건 부모님도 잘 알고 계실 거예요. 아니, 어쩌면 어제저녁부터 약간 조짐이 있었던 것도 같습니다. 제 안색을 보았다면 누구나 알아챘을 거예요. 왜 제가 그걸 회사에 미리 알리지 않았을까요! 하지만 보통은 집에서 쉬지 않고도 병을 이길 수 있다고들 생각하잖아요. 지배인님! 부모님은 이 문제에 개입시키지 말아주세요! 지금 저에게 퍼부은 비난은 모두 말도 안 됩니다. 그런 일에 대해서 아무도 저에게 얘기한 적이 없어요. 아마 최근에 제가 보낸 주문서를 아직 보지 못하신 모양이군요. 그건 그렇고 여덟 시 기차를 타고 떠나겠습니다. 몇 시간 쉬었더니 기운이 납니다. 지배인님, 제발 여기 이러고 계시지 마세요. 제가 직접 회사로 나가겠습니다. 그리고 부디 사장님께 말씀 좀 잘 드려주세요!"

그레고르는 이 모든 말을 급히 쏟아내면서 자신이 무슨 말을 하는지도 거의 알지 못했다. 그러는 사이에 침대에서 이미 연습을 한 덕에 쉽사리 옷장 쪽으로 접근할 수 있었고, 이제 거기에 기대어 몸을 세우려고 애썼다. 그는 정말로 문을 열어 모습을 드러내고 지배인과 대화를 하려고 했다. 그리고 그토록 그를 보고 싶어하는 사람들이 정작 그의 모습을 보면 뭐라고 할지 무척이나 궁금했다. 그들은 경악하겠지만, 이제 그레고르는 책임을 면하고 편안해질 수 있는 것이다. 그들이 모든 것을 차분하게 받아들인다면 그 역시 흥분할 이유가 없으니, 서두르면 실제로 여덟 시까지 역에 도착할 수 있을 것이다. 그레고르는 처음에는 반드러운 옷장에서 몇 번 미끄러졌지만 마침내 몸을 흔들어 똑바로 일어섰다. 하체가 불에 타는 듯 몹시 아팠지만 그런 고통 따위는 무시했다. 그는 가까이에 있는 의자 등받이로 몸을 던져 그 가장자리를 여러 개의 다리로 꽉 붙잡았다. 그렇게 해서 몸을 제어할 수 있게 된 그는 말없이 조용히 있었다. 다시 지배인의 말소리가 들려왔기 때문이다.

"무슨 말인지 한 마디라도 알아들으셨습니까?"

지배인이 부모에게 물었다.

"그가 우리를 바보로 만들 작정은 아니겠지요?"

"아이고, 맙소사."

어머니는 울음을 터뜨리며 외쳤다.

"애가 몹시 아픈가 봐요. 우리가 애를 괴롭히고 있어요. 그레테! 그레테!"

어머니가 외쳤다.

"엄마, 왜요?"

여동생이 다른 쪽에서 소리쳤다. 그들은 그레고르의 방을 사이에 두고 대화를 나누었다.

"얼른 의사에게 가야겠다. 그레고르가 병이 났어. 빨

리 의사에게 가. 그레고르가 지금 얘기하는 걸 들었니?"

"그건 짐승 소리였습니다."

지배인은 어머니의 경악스러운 외침에 비해 유난히 낮은 소리로 말했다.

"안나! 안나!"

아버지가 현관을 통해 부엌에 대고 소리를 지르며 손뼉을 쳤다.

"어서 가서 열쇠 수리공을 불러오너라!"

그러자 두 소녀는 치마를 와삭거리며 급히 현관을 가로질러 뛰어가더니ㅡ여동생은 어떻게 그토록 빨리 옷을 입었을까?ㅡ현관문을 벌컥 열었다. 문이 닫히는 소리는 들리지 않았다. 커다란 불행이 일어난 집에서 으레 그러는 것처럼 문을 활짝 열어둔 채 나간 게 분명했다.

그러나 그레고르는 한결 더 안정을 찾았다. 사람들이 그의 말을 이해하지 못하고 있음에도 불구하고 그에게는 자신의 말이 전보다 훨씬 또렷하게 잘 들렸다. 아마 그 사이에 귀에 익숙해진 때문인 것 같았다. 어쨌든 사람들은 그에게 무슨 일이 있다고 생각하고, 도우려 하고 있었다. 그들이 처음으로 내린 조치에서 생긴 확신과 신뢰로 인해 그는 기분이 좋아졌다. 다시 사람들 사이에 끼어들었다는 느낌이 들었고, 의사든 열쇠 수리공이든 누구든지 간에 대단하고 놀라운 성과를 거두어주기를 바랐다. 그는 곧 다가올 결정적인 대화에서 되도록 깨끗한 목소리를 내기 위해 헛기침을 몇 번 해보았다. 물론 기침 소리를 아주 낮추어 내려고 애썼다. 혹시 기침 소리도 이미 사람의 기침 소리가 아닐 수도 있었기 때문이다. 이제는 그 혼자서 판단할 자신이 없었다. 그러는 사이에 옆방은 아주 조용해졌다. 부모님이 지배인과 함께 탁자에 앉아 귓속말을 나누고 있을지도 모르고, 어쩌면 모두들 문에 기대어 귀를 기울이고 있을지도 모르는 일이었다.

그레고르는 천천히 몸을 일으켜 의자에 의지한 채 문 쪽으로 가서 의자는 그곳에 놔두고 문에 기대 몸을 똑바로 세운 뒤—작은 발들의 발꿈치에 뭔가 끈적거리는 것이 조금 붙어 있었다—힘이 들어 그 자리에서 한동안 쉬었다. 그런 다음 곧 입으로 자물쇠에 꽂혀 있는 열쇠를 돌려보고자 했다. 이빨다운 이빨이 없는 것이 유감이었다—무엇으로 열쇠를 잡을 수 있을까?—그러나 대신에 턱은 매우 강했다. 그는 턱을 이용해 실제로 열쇠를 돌릴 수 있었다. 그러면서 어딘가 상처를 입은 것 같았지만 신경 쓰지 않았다. 입에서 갈색 액체가 나와 열쇠 위를 흘러 바닥으로 뚝뚝 떨어졌다.

"들어보세요."

지배인이 옆방에서 말했다.

"그가 열쇠를 돌리고 있어요."

그 말은 그레고르에게 큰 힘이 되었다. 모두들 그에게 외쳐댄다면 얼마나 좋을까. 아버지도 어머니도 함께 "힘내, 그레고르. 지금처럼만 해. 열쇠를 꽉 붙들어!"라고 모두들 외쳐준다면 얼마나 좋을까. 그는 자기가 온 힘을 다해 애쓰고 있는 것을 모두가 바짝 긴장한 채로 지켜보고 있다고 상상하며 젖 먹던 힘을 다해 정신없이 열쇠를 물었다. 열쇠가 조금씩 돌아갈 때마다 그도 자물쇠 주위를 돌았다. 이제 그는 열쇠를 문 입으로만 몸을 지탱하고 있었는데, 필요에 따라 열쇠에 달라붙어 있기도 했다가 온 체중을 실어 열쇠를 아래로 누르기도 했다. 마침내 찰칵하고 자물쇠가 열리는 경쾌한 소리에 그레고르는 번쩍 정신이 들었다. 그는 숨을 내쉬며 중얼거렸다.

"그러니까 열쇠 수리공은 필요치 않았어."

그리고 문을 완전히 열기 위해 손잡이에 머리를 올려 놓았다.

그가 이런 식으로 문을 열어야 했기 때문에 이미 문은 상당히 많이 열려 있었지만 그 자신은 문에 가려 아직 보이지 않았다. 그는 우선 천천히 문 옆을 빙 돌아야 했다. 게다가 거실로 나가기 전에 벌렁 뒤로 나자빠지지 않으려고 무척 조심했다. 여전히 힘들게 움직이느라 다른 것에는 신경 쓸 겨를이 없었다. 그때 지배인이 "아!" 하고 외치는 소리가 들렸고—마치 바람이 부는 소리 같았다—그도 이제 지배인을 볼 수 있었다. 문에서 가장 가까운 곳에 서 있던 지배인은 딱 벌어진 입을 손으로 가리고, 마치 눈에 보이지는 않지만 규칙적으로 밀어내는 힘이 있어 그것에 의해 떠밀려 나가는 듯 천천히 뒤로 물러서고 있었다. 어머니는—지배인이 와 있는데도 불구하고 잠자리에서 엉망으로 흐트러진 머리를 그대로 놔두고 있었다—두 손을 모으고 아버지를 잠시 바라보고 나서 두 걸음 그레고르에게 다가오더니 치마를 사방으로 둥그렇게 펼치며 풀썩 쓰러졌다. 어머니의 얼굴은 가슴에 파묻혀 보이지 않았다. 아버지는 그레고르를 방 안으로 다시 들여보내려는 것처럼 무서운 표정으로 주먹을 불끈 쥐었다. 그러더니 불안스레 거실을 둘러보고는 손으로 눈을 가리고 튼튼한 가슴이 들썩일 정도로 울기 시작했다.

그레고르는 방으로 들어가지 않고 안에서 단단히 고정해둔 문짝에 몸을 기댔다. 그래서 몸 절반과 옆으로 기울인 머리가 보였다. 그렇게 기울인 머리로 그는 다른 사람들을 넘겨다보았다. 그 사이에 날은 훨씬 밝아져 길 건너

거리에 끝없이 이어지는 짙은 회색 건물―그것은 병원이었다―의 일부가 분명하게 보였다. 건물의 전면에는 유난히 툭 튀어나온 창문이 규칙적인 간격으로 나 있었다. 비는 여전히 내리고 있었고, 눈에 보일 만큼 굵은 빗방울이 하나씩 뚝뚝 땅으로 떨어지고 있었다. 아침 식사 때 사용한 그릇이 식탁 위에 한가득 쌓여 있었다. 왜냐하면 아버지가 하루의 식사 중 아침을 가장 중요하게 여겨, 여러 가지 신문을 읽으면서 몇 시간이고 앉아 아침을 먹었기 때문이다. 바로 맞은편 벽에는 그레고르가 군에 복무하던 시절에 찍은 사진이 걸려 있었다. 사진은 소위인 그가 손을 군도에 대고 근심 없이 웃는 모습을 담고 있었는데, 그 모습이 마치 자신의 태도와 군복에 경의를 표할 것을 요구하는 듯했다. 현관에 이르는 문은 열려 있었다. 거실 문도 열려 있어서 거실 출입구를 지나 계단으로 내려가는 부분까지 보였다.

"이제."

그레고르는 말했다. 그는 자신이 현재 침착을 유지하고 있는 유일한 사람인 것을 의식했다. "곧 옷을 입고 견본품을 챙겨 떠나겠습니다. 지배인님, 지배인님은 떠나라고 허락하시겠지요? 지배인님은 제가 고집쟁이가 아니라 일하기를 좋아하는 사람이라는 것을 아실 겁니다.

출장이 힘들기는 하지만 출장이 없으면 살 수가 없습니다. 지배인님, 그런데 어디로 가십니까? 회사로 가시는 겁니까? 그렇죠? 모든 걸 사실대로 보고하시겠지요? 사람은 일을 할 수 없는 때도 있지만, 그럴 때 이전의 업적을 기억해주십시오. 그리고 어려움을 극복한 후에는 한층 더 열심히, 더 열성적으로 일을 하게 된다는 것을 생각해주세요. 제가 사장님께 큰 신세를 지고 있다는 것을 잘 아시지 않습니까? 한편으로 저는 부모님과 여동생을 돌봐야 합니다. 저는 지금 궁지에 몰려 있는 셈입니다. 하지만 다시 헤쳐 나올 겁니다. 부디 제 처지를 더 어렵게 만들지는 말아주세요. 회사에서 제 편이 되어주세요! 사람들이 출장 사원을 좋아하지 않는다는 것은 저도 잘 압니다. 으레 대단한 돈을 벌어 그걸로 넉넉한 삶을 꾸리고 있다고 생각하지요. 그들에겐 그런 편견을 바꿀 만한 특별한 이유도 없고요. 하지만 지배인님, 지배인님은 다른 직원들보다 사정을 훨씬 더 잘 파악하고 계십니다. 예, 완전히 믿고 드리는 말씀입니다만, 사장님보다 지배인님이 사정을 더 잘 알고 계실 겁니다. 사장님은 주인이라는 특성상 직원에게 불리한 쪽으로 판단을 하기가 쉽지요. 지배인님은 출장 사원이 거의 일 년 내내 회사 밖에서 일을 하기에 자칫하면 험담과 우연, 이유 없는 비난

의 희생자가 된다는 사실도 잘 아십니다. 출장 사원으로
서는 그런 일을 막는 게 불가능한 것이, 대부분 무슨 일
인지 알지도 못하기 때문입니다. 여행을 마치고 완전히
지쳐 집에 돌아와서는 영문도 모른 채 그저 좋지 않은 결
과만 피부로 직접 느낄 뿐이죠. 지배인님, 한마디 말도
없이 떠나지 마세요. 적어도 제가 조금이라도 옳다고 말
씀해주세요!"

　　그러나 지배인은 그레고르가 첫마디를 시작했을 때 이
미 돌아섰고, 움찔거리는 어깨 뒤로 입술을 삐죽이며 그
레고르를 힐끔힐끔 돌아볼 뿐이었다. 그리고 그레고르가
말을 하는 동안에 잠시도 가만히 있지 못하고 그레고르
에게서 눈을 떼지 않은 채 문 쪽으로 다가갔다. 마치 방
을 떠나면 안 된다는 금지령이 비밀리에 내려지기라도
한 듯이 천천히 움직였다. 그는 벌써 현관에 가 있었다.
그리고 거실에서 마지막으로 발을 빼내는 동작은 발바닥
에 불이라도 붙은 것처럼 갑작스러웠다. 현관에서 그는
마치 신의 구원이 그를 기다리고 있는 양 계단 쪽으로 오
른손을 쭉 뻗었다.

　　그레고르는 무슨 일이 있어도 지배인을 이런 분위기에
서 떠나게 해서는 안 된다고 생각했다. 비록 그렇게 한들
회사에서의 자신의 위치가 극도로 위태롭게 되지는 않는

다 해도 말이다. 부모는 모든 일을 잘 알지 못하고 있었다. 그들은 오랜 세월이 흐르는 동안 그레고르가 이 회사에서 평생을 보장받을 거라고 확신하게 된 데다가 지금의 순간적인 걱정에 정신이 팔려 미처 앞일을 생각할 겨를이 없었다. 그러나 그레고르는 앞일을 생각했다. 지배인을 붙잡아 진정시키고 확신을 주고 신임을 얻어야 했다. 그레고르와 가족의 장래가 거기에 달려 있었다! 여동생이 곁에 있으면 좋으련만! 그 애는 영리했다. 그녀는 그레고르가 등을 대고 태연하게 누워 있을 때에도 이미 울고 있었다. 그리고 여자를 좋아하는 지배인은 그 애로 인해 마음을 돌릴 것이다. 여동생이라면 얼른 현관문을 닫고 경악해 놀란 지배인의 가슴을 달래줄 수 있을 텐데. 하지만 여동생은 지금 자리에 없었다. 그레고르가 직접 행동해야만 했다. 그는 이제 자신이 얼마나 움직일 수 있는지 그 능력에 대해 모른다는 사실은 생각지도 않고, 또한 사람들이 틀림없이 자신이 하는 말을 알아듣지 못하리라는 사실도 생각지 않은 채 문짝에서 몸을 떼었다. 그리고 열린 곳으로 몸을 내밀고 우스꽝스러운 자세로 현관의 난간을 꽉 붙들고 있는 지배인 쪽으로 가려고 했다. 그러나 그레고르는 잡을 곳을 찾다가 짧게 비명을 내지르며 수많은 다리를 깔고 엎어지고 말았다. 그러자마자 곧 오늘 아침 처음으로 육체적 편안함이 느껴졌다. 작은 발들이 바닥을 단단히 딛고 있었다. 발들은 마치 그의 기쁨을 알기라도 하듯 완전히 고분고분 말을 들었다. 더욱이 그가 가고자 하는 방향으로 몸을 옮기기까지 했다. 그는 곧 모든 고통이 다 사라질 것이라 생각했다. 그러나 그가 제한된 동작으로 인해 몸을 뒤뚱거리다 어머니와 가까운 곳에서 바닥에 엎드리게 된 바로 그때, 기절한 것 같았던 어머니가 갑자기 펄쩍 뛰어오르며 팔을 뻗고 손가락을 쫙 펼친 채 소리를 질렀다.

"사람 살려, 하느님 맙소사, 살려줘요!"

어머니는 마치 그레고르를 좀 더 자세히 보려는 듯이 고개를 기울이면서도, 그와는 반대로 정신없이 뒤쪽으로 도망쳤다. 어머니는 등 뒤에 식사를 차려놓은 식탁이 있다는 사실을 잊고 있다가 식탁에 부딪히자 넋이 나간 사람처럼 황급히 그 위로 올라갔다. 옆에 커다란 커피포트가 엎어져 커피가 양탄자 위로 줄줄 쏟아지고 있는 것도 모르는 것 같았다.

"어머니, 어머니."

그레고르는 나직이 말하며 어머니를 올려다보았다. 그는 잠시 지배인에 대한 생각을 까맣게 잊어버렸다. 그 대신 흘러내리는 커피를 본 순간, 자기도 모르게 허공에 대고 몇 번이고 입을 쩝쩝거리지 않을 수 없었다. 그러자 어머니는 새로이 비명을 지르며 식탁에서 달아나 서둘러 달려오는 아버지의 품 안으로 뛰어들었다. 그러나 지금은 그레고르가 부모에게 신경을 쓸 시간이 없었다. 지배인이 이미 계단에 가 있었다. 지배인은 턱을 난간에 대고 마지막으로 뒤를 돌아보았다. 그레고르는 어떻게든 그를 붙잡으려고 돌진할 자세를 취했다. 지배인은 뭔가를 예감했는지, 계단을 한꺼번에 몇 개씩 뛰어 내려가서는 사라지고 말았다. "휴!" 하고 외치는 소리가 계단 전체에 울렸다. 지배인이 도망치자 안타깝게도 지금까지는 그런대로 침착하게 있던 아버지조차 완전히 정신이 나간 것 같았다. 직접 지배인을 뒤쫓아가거나 적어도 그레고르가 뒤쫓아가는 것을 그냥 내버려 둬야 할 아버지는 지배인이 안락의자에 모자며 외투와 함께 두고 간 지팡이를 오른손에 꽉 쥐고, 왼손에는 식탁 위에 있던 커다란 신문을 집어 들었다. 그리고 발을 쾅쾅 구르며 지팡이와 신문을 휘둘러 그레고르를 다시 방으로 몰아넣으려 했다. 그레고르가 아무리 애원을 해도 소용없었다. 어떤 애원도 아버지에게는 이해되지 못했다. 그가 고분고분하게 머리를 돌리려 하는데도 아버지는 더 세게 발을 쾅쾅 굴렀다. 저쪽에서는 어머니가 추운 날씨인데도 불구하고 창문을 활

짝 열어젖히고 두 손으로 얼굴을 가린 채 창밖으로 몸을
내밀고 있었다. 좁은 골목과 계단 사이로 거센 바람이 몰
아쳐 창문의 커튼이 휘날리고, 식탁 위의 신문이 펄럭이
다가 한 장 한 장 바닥으로 떨어졌다. 아버지는 무섭게
몰아대며 야만인처럼 거칠게 쉿쉿 소리를 냈다. 그러나
그레고르는 뒤로 돌아가는 동작을 한 번도 해본 적이 없
었기 때문에 매우 천천히 움직일 수밖에 없었다. 몸을 돌
리기만 하면 곧 자기 방에 들어가게 될 것인데도, 그는
몸을 돌리는 데 시간이 많이 걸려 아버지를 초조하게 할
까 봐 두려웠다. 순간순간 아버지의 손에 들려 있는 지팡
이로 등이나 머리를 심하게 맞을 위험이 있었다. 그래도
결국 그레고르는 달리 어쩔 수가 없었다. 뒤로 가면서는
방향을 잡을 수 없다는 것을 그 자신도 무척 놀라워하며
깨달았던 것이다. 겁이 난 그는 곁눈질로 계속 아버지를
흘끔거리며 되도록 서둘러 몸을 돌렸다. 그러나 실제로
는 동작이 아주 느렸다. 그 사이 아버지는 그의 선한 의
도를 알아챘는지 이제는 그를 방해하지 않고 멀찍이서
지팡이 끝으로 움직임의 방향을 이쪽저쪽으로 지시까지
해주었다. 참을 수 없는 아버지의 쉿쉿 소리만 없으면 좋
으련만! 그레고르는 그 소리에 머리가 돌 지경이었다. 몸
을 거의 다 돌렸는데 계속되는 쉿쉿 소리에 신경을 쓰다

가 그만 헷갈려 방향을 잘못 잡고 조금 더 돌고 말았다. 드디어 열려 있는 문 쪽으로 머리를 댔을 때, 이번에는 몸이 너무 넓어 문을 더 열지 않고는 들어갈 수 없다는 사실을 알게 되었다. 현재 아버지의 마음 상태로는 그레고르가 들어갈 수 있는 충분한 공간을 마련해주자면 다른 쪽 문을 열어주어야 한다는 생각은 물론 떠오르지 않았다. 아버지의 생각은 오직 그레고르를 얼른 방 안으로 들여보내야 한다는 것뿐이었다. 그는 그레고르가 몸을 세워 문을 통과하기에 필요한 번거로운 준비를 하도록 절대로 봐주지 않을 것이었다. 그러기는커녕 마치 아무런 장애도 없다는 듯이 유난히 더 요란한 소리를 내며 그레고르를 몰아댔다. 그레고르의 뒤에서 들려오는 목소리는 이제 세상에서 하나밖에 없는 아버지의 목소리 같지가 않았다. 더 이상 장난이 아니었다. 그래서 그레고르는—될 대로 되라는 식으로—문으로 돌진했다. 몸 한쪽이 세워진 채 비스듬히 열린 문틈에 끼이게 되었다. 옆구리 한쪽이 문에 쓸려 상처가 났고, 하얀 문에는 보기 흉한 얼룩이 남았다. 그는 단단히 문에 끼여 혼자서는 꼼짝도 할 수 없었다. 한쪽의 작은 다리들은 허공에서 부들부들 떨었고, 다른 쪽 다리들은 바닥에 짓눌려 아파왔다— 그때 아버지가 뒤에서 실로 구원이라 할 만한 강한 타격을 날렸다. 그는 많은 양의 피를 흘리며 방 안으로 휙 날아들었다. 문이 지팡이에 의해 닫히고 나자 마침내 주위가 조용해졌다.

II

어둑어둑 땅거미가 질 무렵에야
비로소 그레고르는 혼수상태와도 같은 깊은 잠에서 깨어
났다. 충분히 푹 잔 느낌이 든 걸로 보아 누가 잠을 방해
하지 않았더라도 분명히 그리 늦게 일어나지는 않았을
것이다. 그러나 그는 스치는 발자국 소리와 현관에서 조
심스럽게 문을 닫는 소리가 잠을 깨운 것 같았다. 거리의
가로등 불빛이 천장과 가구 윗부분을 여기저기 창백하게
비추고 있었지만, 그레고르가 있는 아래쪽은 어두웠다.
그는 천천히 몸을 일으켰다. 이제야 어떻게 쓰는 것인지
알게 된 더듬이로 서툴게나마 더듬으며 문 쪽으로 다가

갔다. 거기서 무슨 일이 일어났는지 알아보기 위해서였다. 왼쪽 옆구리에 길게 그어진 상처가 하나 나 있었다. 상처는 불편하게 당기는 느낌이 들었으며 그는 두 줄의 다리를 절룩거려야 했다. 게다가 다리 하나는 오전에 떨어질 때 심하게 다친 것이 분명해서—다리 하나만 다쳤다는 것은 기적이나 다름없었다—축 늘어진 채로 질질 끌려왔다.

문에 다가가서야 그는 무엇이 그쪽으로 자기를 유혹했는지 알아차렸다. 그것은 어떤 음식 냄새였다. 그곳에는 신선한 우유가 대접에 가득 담겨 있었고, 우유 속에는 잘게 자른 흰 빵 조각이 둥둥 떠 있었다. 그는 아침때보다 더 배가 고팠던 터라 기뻐서 웃음을 터뜨릴 뻔했다. 그는 얼른 우유 속으로 눈이 잠길 만큼 머리를 처박았다. 그러나 곧 실망해서 머리를 도로 빼냈다. 왼쪽 옆구리의 불편한 상처 때문에 먹기가 어려웠을 뿐만 아니라—몸 전체를 같이 헐떡여야만 먹을 수 있었다—평소에 제일 좋아하던 음료라는 걸 여동생이 알고 가져다 놓은 것이겠지만, 지금은 너무나 맛이 없었다. 그는 구역질을 느끼며 대접에서 몸을 돌려 방 한가운데로 돌아왔다.

그레고르가 문틈으로 들여다보니 거실에는 가스등이 켜져 있었다. 그러나 보통 때 같으면 이맘때에 아버지가

어머니나 때로는 여동생에게 석간신문을 소리 높여 읽어
주곤 했는데, 지금은 잠잠했다. 어쩌면 여동생이 항상 그
에게 이야기를 하고 또 편지로 써 보내기도 했던 신문 낭
독이 최근 들어 중지되었는지도 모른다. 하지만 집이 비
어 있지 않은 것이 분명한데도 사방이 너무 조용했다.

"식구들이 참으로 조용한 생활을 하는구나."

그레고르는 혼잣말을 하고 어둠 속을 응시하면서 자신
이 부모와 여동생에게 이런 좋은 집에서 이런 생활을 할
수 있도록 해주었다는 것에 커다란 자부심을 느꼈다. 그
런데 현재의 이 모든 안정과 만족감이 끔찍한 종말을 맞
게 되면 어떡하지? 그는 이런 생각을 떨쳐버리기 위해
차라리 움직이는 게 낫겠다 싶어서 이리저리 방 안을 기
어 다녔다.

긴긴 저녁 내내 옆문이 한 번, 다른 쪽 문이 한 번 아주
조금 열렸다가 재빨리 다시 닫혔다. 누군가 여기로 들어
오려고 했지만 몹시 주저하는 것 같았다. 그레고르는 머
뭇거리는 방문자를 어떻게든 들어오도록 하거나, 적어도
그가 누구인지 알아야겠다고 마음먹고 거실 쪽 문에 바
짝 다가갔다. 그러나 문은 다시는 열리지 않아 그레고르
는 부질없이 기다린 꼴이 되었다. 문이 잠겨 있던 아침에
는 모두들 그의 방으로 들어오려고 하더니, 그가 문을 활

짝 열어놓고 있는 지금 그리고 다른 문들도 열려 있는 낮 동안에는 아무도 찾아오지 않았다. 그리고 이제는 열쇠가 바깥쪽에 꽂혀 있었다.

밤이 늦어서야 거실의 불이 꺼졌다. 부모님과 여동생이 그때까지 잠을 자지 않고 있었을 게 뻔했다. 지금 세 사람이 발끝으로 살금살금 멀어지는 소리가 똑똑히 들렸던 것이다. 틀림없이 이제 아침이 올 때까지 아무도 그레고르의 방에 들어오지 않을 것이다. 그러니 앞으로 삶을 어떻게 새로이 정비할 것인가에 대해 방해받지 않고 충분히 생각해볼 시간이 있었다. 그러나 그가 마지못해 들어와 바닥에 납작하게 엎드려 있어야 하는 방, 천장이 높은 텅 빈 방이 그를 두렵게 했다. 두려운 이유는 알 수 없었다. 왜냐하면 그가 오 년 전부터 살고 있는 방이었기 때문이다─그래서 그는 얼마간 수치심을 느끼면서 반쯤은 무의식적으로 얼른 소파 밑으로 기어 들어갔다. 거기서는 등이 조금 눌리고 머리를 들 수 없었지만 곧 편안한 느낌이 들었다. 다만 몸이 너무 넓어 소파 밑으로 몸 전체를 완전히 집어넣을 수 없는 게 유감이었다.

그는 밤새 소파 밑에 있었다. 비몽사몽의 상태에서 배가 고파 자꾸 깨어나기도 하고, 때로는 걱정과 막연한 희망으로 시간을 보냈다. 그러다가 그는 앞으로 조용하게 처신하고 최대한 인내하고 배려하여 현재 자신의 상태로 인해 갑작스레 끼치게 된 불편함을 가족들이 견뎌낼 수 있도록 해야겠다고 결론을 내렸다.

아직은 밤이라 할 이른 새벽에 그레고르는 조금 전의 결심을 시험해볼 기회를 갖게 되었다. 여동생이 옷을 다 차려입고는 현관에서 문을 열고 잔뜩 긴장한 채 엿보고 있었던 것이다. 그녀는 그를 금방 발견하지는 못했다. 그러나 소파 밑에 있는 그를 알아보고는―어쨌든 방 안 어딘가에는 있지 않겠는가, 날아갈 수는 없으니까―화들짝 놀라 어쩔 줄 모르고 밖에서 얼른 문을 닫아버렸다. 하지만 자신의 행동을 뉘우쳤는지 곧 다시 문을 열고 마치 중환자나 낯선 사람 곁에 오는 것처럼 발끝으로 살그머니 들어왔다. 그레고르는 머리를 소파 밖으로까지 거의 다 내밀고 그녀를 관찰했다. 그가 우유를 그대로 남겨둔 것을 알아챘을까? 그건 배가 고프지 않아서가 아니라는 것도 알까? 혹시 그녀가 그의 입맛에 더 맞는 음식을 들여보낼까? 만약 그녀가 알아서 그렇게 해주지 않는다면 그는 차라리 굶어 죽고 싶었다. 하지만 사실은 소파 밑에서 기어 나와 여동생의 발밑에 몸을 던지고 좀 더 먹을 만한 음식을 가져다 달라고 부탁하고 싶은 마음이 간절했다. 그런데 여동생은 주위에 우유가 조금 흘렀을 뿐 가득히 담긴 대접을 보더니 흠칫 놀랐다. 그러고는 곧 대접을 맨손으로 건드리지 않고 걸레를 이용해 집어 들더니 가지고 나가버렸다. 그레고르는 그 대신 그녀가 무엇을 가지고 올까 잔뜩 호기심에 차서 별의별 궁리를 다 해보았다. 그러나 마음 착한 여동생이 실제로 어떻게 할지는 도무지 짐작할 수 없었다. 그녀는 그의 입맛을 시험해보기 위해 여러 가지를 가져와 헌 신문지 위에 펼쳐놓았다. 거기에는 오래되어 반쯤 시든 야채, 저녁 식사 때 먹다 남은 흰 소스가 말라붙은 뼈다귀, 건포도와 아몬드, 그리고 이틀 전에 그레고르가 맛이 형편없다고 말한 치즈, 마른 빵 조각, 버터 바른 빵, 버터를 바르고 소금을 뿌린 빵이 있었다. 그 밖에도 여동생은 그레고르의 것으로 정한 것 같은 대접도 갖다 놓았는데, 그 안에는 물이 들어 있었다. 그리고 그레고르가 자기 앞에서는 먹지 않으리라는 것을 알았는지 그레고르를 배려하는 뜻으로 서둘러 방을 나가며 열쇠로 문을 잠가주었다. 그렇게 함으로써 그레고르가 마음 편히 양껏 먹어도 된다는 것을 알려주는 것이었다. 음식이 있는 곳으로 가는 그레고르의 다리에서 윙윙 소리가 났다. 다리의 상처가 벌써 말끔히 나은 것이 분명했다. 그는 이제 불편을 느끼지 않았는데, 그 사실이 몹시 놀라웠다. 한 달도 더 전에 손가락이 칼에 조금 베인

적이 있었는데, 그 상처가 그제만 해도 제법 아팠던 기억
이 났다. '이제 내 감각이 무디어진 걸까?' 라고 생각하며
그는 어느 결에 치즈를 핥았다. 다른 음식보다도 치즈에
강렬하게 끌렸다. 그는 만족감에 눈물까지 흘리며 허겁
지겁 치즈, 야채, 소스를 차례차례로 먹어치웠다. 그런데
신선한 음식은 전혀 입맛에 맞지 않았고, 냄새조차 참을
수 없었다. 그래서 그는 먹고 싶은 음식들을 좀 떨어진
곳으로 끌어다 놓기까지 했다. 그가 진작에 다 먹어치우
고 그 자리에서 늘어지게 누워 있을 때, 제자리로 돌아가
라는 신호를 보내는 듯 여동생이 천천히 열쇠를 돌렸다.
깜빡 잠이 들려던 찰나에 그 소리에 깜짝 놀란 그는 서둘
러 소파 밑으로 다시 기어 들어갔다. 비록 여동생이 방
안에 머문 것은 아주 짧은 순간이었지만, 소파 밑에 있는
것은 그에게 대단한 인내심을 요구했다. 많이 먹은 탓에
몸이 제법 불룩해져 그 비좁은 곳에서는 숨을 거의 쉴 수
가 없었기 때문이다. 가벼운 질식 증상이 일어난 가운데
그는 약간 불거진 눈으로 아무것도 모르는 여동생이 그
가 먹다 남긴 것뿐만 아니라 건드리지도 않은 음식까지
빗자루로 모두 쓸어 모으는 것을 지켜보았다. 그녀는 마
치 그 음식들이 더는 쓸모없다는 듯이 얼른 통 속에 모조
리 털어 넣고는 나무 뚜껑으로 덮은 다음 전부 들고 나가

버렸다. 그녀가 돌아서자마자 그레고르는 소파 밑에서
기어 나와 몸을 쭉 뻗고 부풀렸다.

이날부터 그레고르는 이런 식으로 매일 음식을 받아먹
었다. 한 번은 부모님과 하녀가 아직 잠들어 있는 아침
에, 두 번째는 모두가 점심을 먹은 후였다. 점심 식사 후
에 부모님은 잠깐 낮잠에 들고, 하녀는 여동생이 뭔가 심
부름을 시켜 내보냈다. 그들도 그레고르가 굶어 죽기를
바라는 것은 분명 아니지만, 그의 식사에 대해 전해 듣
는 것 이상으로는 알고 싶지 않았을 것이다. 또는 여동생
이 부모님에게 조금이나마 걱정거리를 덜어주려는 것일
수도 있다. 실제로 부모님은 이미 충분히 고통을 겪고 있
었기 때문이다.

첫날 오전에 어떻게 둘러대서 의사와 열쇠 수리공을
돌려보냈는지 그레고르는 전혀 알 수가 없었다. 사람들
은 그의 말을 알아들을 수 없었기 때문에 아무도, 여동생
조차도 그레고르가 다른 사람의 말을 알아들을 수 있다
고 생각하지 않았다. 그래서 그는 여동생이 방에 들어와
있을 때 가끔 내는 한숨 소리와 성자들에게 탄원하는 소
리를 듣는 걸로 만족해야 했다. 나중에 그녀가 모든 일에
조금이나마 익숙해진 다음에야―물론 모든 것에 완전히
익숙해지는 일은 결코 있을 수 없는 일이었다―비로소

그레고르는 가끔 다정한 뜻으로 하는, 또는 그렇게 해석될 수 있는 말을 듣게 되었다.

"오늘은 음식이 맛있었나 봐."

그레고르가 음식을 깨끗이 비웠을 때 여동생은 그런 말을 했다. 한편 그가 음식을 남기는 일이 점점 잦아졌는데, 그런 때에는 거의 슬픈 어조로 말했다.

"이번에도 다 남겼네."

그레고르는 새로운 소식을 직접 전달받지는 못했지만, 때로 옆방에서 나는 소리를 엿들을 기회는 있었다. 그는 그곳에서 뭔가 목소리가 들리기만 하면 당장 문께로 달려가 온몸을 문에 딱 붙였다. 특히 초기에는 비밀리에 이야기를 나누었는데, 어쨌거나 그와 관계되지 않은 이야기는 없었다. 이틀 내내 식사 때마다 이제 앞으로 어떻게 해야 할지 의논하는 소리가 들렸고, 식사 시간이 아닌 때에도 똑같은 주제를 놓고 이야기를 나누었다. 왜냐하면 아무도 혼자서는 집에 남아 있지 않으려 했고, 그렇다고 완전히 집을 비워놓을 수도 없는 노릇이었기 때문이다. 하녀조차도 바로 첫날에—하녀가 사건에 대해 무엇을 얼마나 많이 알고 있는지는 확실치 않았다—어머니에게 무릎을 꿇고 당장 해고해달라고 청했다. 그리고 십오 분 뒤에 집을 떠나면서 하녀는 자기를 해고시켜준 일이 이 집에서 베풀어준 최고의 친절인 양 눈물을 흘리며 감사하다고 했다. 게다가 아무도 요구하지 않았는데도 이 일에 대해 누구에게도 절대로 얘기하지 않겠다고 단단히 맹세했다.

그때부터 여동생이 어머니와 함께 음식도 만들어야 했다. 물론 다들 거의 먹지 않았기 때문에 그다지 힘든 일은 아니었다. 그레고르는 식구들이 서로 먹으라고 권하고 "괜찮아. 많이 먹었어"라든가 그와 비슷한 대답만 하는 대화를 계속해서 들었다. 술을 마시는 일도 없는 것 같았다. 여동생은 때로 아버지에게 맥주를 좀 하시겠느냐고 물으며 자기가 직접 사 오겠다고 나섰는데, 그럴 때 아버지가 아무 말도 않고 있으면 여동생은 걱정을 끼치지 않으려고 집 관리인의 아내를 보내도 된다고 말했다. 아버지가 마침내 큰 소리로 "싫다"라고 말하면 그때야 비로소 그에 대해서는 다시 입에 올리지 않았다.

일이 있던 첫날부터 이미 아버지는 집안의 재산 사정과 앞으로의 전망을 어머니와 여동생에게 설명했다. 아버지는 간혹 탁자에서 일어나 오 년 전에 사업이 망했을 때 건져낸 작은 금고에서 영수증이나 장부 따위를 꺼내왔다. 아버지가 복잡한 자물쇠를 열어 찾던 것을 꺼낸 후에 다시 잠그는 소리가 들렸다. 아버지가 하는 설명 중

일부는 그레고르가 방 안에 갇힌 후에 들을 수 있었던 첫 번째 기쁜 소식이었다. 그는 아버지가 예전의 사업에서 조금도 남긴 것이 없다고 생각하고 있었다. 적어도 아버지는 그에게 그렇지 않다는 이야기를 한 번도 한 적이 없었고, 그레고르도 물론 그에 대해 물어본 적이 없었다. 그 당시 그레고르의 걱정은 오로지 식구들이, 모든 희망을 앗아가 버린 사업 실패를 되도록 빨리 잊어버릴 수 있도록 온 힘을 기울이는 데 있었다. 그래서 그때 그는 아주 열성적으로 일을 시작해, 거의 하룻밤 사이에 말단 사원에서 출장 영업 사원이 되었다. 물론 출장 사원은 다른 형태로 돈을 벌 수 있었으니, 일이 성사되면 중개료를 즉시 현금으로 받았다. 그는 집에 돌아와 식탁 위에 돈을 올려놓음으로써 식구들이 놀라며 기뻐하도록 만들 수 있었다. 그때가 좋은 시절이었다. 그러나 그 후로 그레고르가 매우 많은 돈을 벌어 식구들의 모든 생활비를 책임질 수 있었고, 또 실제로 그렇게 했지만 다시는 그와 똑같은 영광이 되풀이되지 않았다. 식구들이나 그레고르나 그 일에 익숙해진 것이다. 식구들은 고맙게 돈을 받았고 그도 기꺼이 돈을 가져다주었지만, 특별한 온정은 더는 생겨나지 않았다. 오직 여동생만 그레고르와 늘 가깝게 지냈다. 그녀는 그와는 달리 음악을 무척 사랑했다. 그는 바이올린을 감동적으로 켤 줄 아는 여동생을 많은 비용이 들더라도 내년에 음악학교에 보낼 계획을 남몰래 세우고 있었다. 돈은 어떻게든 마련할 수 있을 것이었다. 그레고르가 시내에 와서 집에 잠시 머무르는 동안 종종 여동생과 대화를 나누면서 음악학교에 대한 얘기를 했지만, 현실로 이루어지는 것은 생각지도 못할 아름다운 꿈으로만 여겨졌다. 부모님은 그런 희망 사항조차 듣기를 싫어했다. 그러나 그레고르는 그 일을 매우 확고하게 생각하고 있었고, 크리스마스 저녁에 엄숙하게 발표할 작정이었다.

그가 문에 착 달라붙어 소리에 귀를 기울이는 동안, 현재 그의 상태로는 아무 쓸모도 없는 그런 생각이 머릿속을 스쳐 지나갔다. 때로 너무 피곤해서 소리를 계속 들을 수 없어, 무심코 머리를 문에 쿵 처박을 때가 있었지만 얼른 머리를 다시 쳐들었다. 왜냐하면 그럴 때 나는 아주 작은 소리마저 옆방에 들렸고, 그러면 모두들 잠잠해졌기 때문이다. "또 뭘 하는 모양이다"라고 아버지가 분명히 문 쪽을 향해 한참 만에 말하면, 끊겼던 대화가 차츰 다시 시작되었다.

그레고르는 이제 충분히 알게 되었다. 아버지가 한편으로는 그런 일을 한 지가 오래되기도 했고, 또 한편으로

는 어머니가 한 번에 다 알아듣지 못했기 때문에 설명을
여러 번 되풀이한 덕분이었다. 이 모든 불행에도 불구하
고 예전의 재산이 조금이나마 남아 있었고, 그 사이에 손
도 대지 않은 이자까지 늘어나 있었다. 그 밖에도 그레고
르가 매달 집에 가지고 온 돈도—그 자신은 겨우 몇 푼
밖에 가지지 않았다—다 써버리지 않고 얼마간의 재산
으로 모여 있었다. 그레고르는 문 뒤에서 열렬히 고개를
끄덕이며 기대치 못한 이런 신중함과 절약 정신에 대해
기뻐했다. 사실 이렇게 모아둔 돈으로 아버지가 사장에
게 진 빚을 다 청산했더라면 그가 직장을 그만둘 날을
훨씬 더 당길 수도 있었을 것이다. 그러나 지금으로서는
아버지가 돈을 그렇게 모아둔 것이 더할 나위 없이 옳은
처사였다.

　그러나 돈은 현재 가족들이 이자를 받아 지낼 수 있을
만큼 충분하지는 않았다. 그 돈은 가족들이 일 년이나 기
껏해야 이 년 정도 지낼 만큼은 될지 모르지만, 그 이상
은 아니었다. 그러니까 그 정도의 액수는 사실상 비상시
를 위해 손대지 않고 남겨두어야 하는 것이었다. 생활비
는 벌어서 써야 했다. 하지만 현재 아버지는 건강하지만
나이가 많은 데다가 오 년 전부터 일을 하지 않았고, 자
신감도 별로 없었다. 고된 일에 실패를 본 끝에 처음으로

쉰 오 년간의 세월에 아버지는 살이 많이 쪄서 몸이 무척 둔해졌다. 그러면 이제 늙은 어머니가 돈을 벌어야만 한 단 말인가? 천식을 앓고 있는 어머니는 집 안을 한 바퀴 만 돌아도 숨이 가빠지고, 호흡 장애 때문에 이틀에 한 번 꼴로 열어둔 창문 밑 소파에 드러누워 있는 형편이었 다. 그러면 여동생이 돈을 벌어야 할까? 그녀는 아직 열 일곱 살밖에 안 된 어린아이인 데다, 여태까지 살아온 방 식이란 예쁜 옷이나 차려입고, 실컷 늦잠을 자고, 집안일 을 좀 돕고, 몇 가지 유흥을 즐기고, 특히 바이올린을 켜 는 게 생활의 전부였다. 돈을 벌어야 한다는 절박한 얘기 가 대화에 오를 때마다 그레고르는 문에서 떨어져 나와 그 옆에 있는 서늘한 가죽 소파에 몸을 던졌다. 부끄러움 과 슬픔으로 몸이 뜨겁게 달아올랐기 때문이다.

종종 그는 잠을 이루지 못하고 가죽 소파 위에서 밤을 지새우며 내내 소파 가죽을 긁어댔다. 또는 엄청난 수고 를 아끼지 않고 안락의자를 창문가로 밀어놓은 후에 창 턱에 기어올라 안락의자에 몸을 받치고 창문에 기대기도 했다. 예전에 창밖을 내다보며 자유로움을 느끼던 기억 에 잠긴 때문이었을 것이다. 사실 하루하루가 지나면서 불과 얼마 떨어지지 않은 사물이 점점 불분명하게 보였 다. 예전에는 너무나 자주 보아 지겨웠던 맞은편 병원 건

56 변신

물도 이제는 보이지 않았다. 적막하긴 해도 도심지인 샤를로텐가(街)에 살고 있다는 사실을 확실히 알지 않았다면, 그는 창문 밖으로 보이는 광경은 흐릿한 회색 하늘과 회색 땅이 구분 없이 한데 섞여 있는 황야라고 믿을 지경이었다. 딱 두 번, 여동생은 안락의자가 창가에 있는 것을 보았는데, 그 후로는 방을 청소할 때마다 안락의자를 정확히 창문 밑에 밀어놓았다. 심지어 그때부터는 안쪽 창문을 열어놓기까지 했다.

그레고르가 여동생에게 말을 건넬 수만 있다면, 그래서 자기를 위해 해주는 모든 일에 대해 고맙다고 할 수만 있다면, 그는 그녀의 봉사를 좀 더 가벼운 마음으로 받아들일 수 있었을 것이다. 그러나 미안하기만 했다. 물론 여동생은 모든 일에서 번거로움을 최대한 없애려 했고, 시간이 지날수록 능숙해졌다. 한편 그레고르 역시 시간이 갈수록 모든 일을 더 잘 파악할 수 있게 되었다. 그는 여동생이 들어오는 것이 두려워졌다. 그녀는 전에는 그레고르의 방을 아무에게도 보이지 않으려 신경을 쓰더니, 지금은 방을 들어서자마자 문을 닫을 새도 없이 곧장 창문으로 달려갔다. 그러고는 마치 질식이라도 할 것 같다는 듯이 황급히 두 손으로 창문을 열어젖히고 아무리 추운 날씨에도 한동안 창가에 서서 숨을 깊이 들이마셨다. 그녀는 그런 달음질과 소란으로 하루에 두 번씩 그레고르를 깜짝 놀라게 했다. 그럴 때마다 그는 내내 소파 밑에서 부들부들 떨었지만 그녀가 창문을 닫은 채로 자기와 방에 있는 일이 가능했더라면 그토록 자기를 괴롭게 하지 않았으리라는 것을 잘 알고 있었다.

한번은 이런 일이 있었다. 그레고르가 변신한 지 이미 한 달이 흘렀으니 여동생에게는 그레고르의 모습에 딱히 놀랄 이유도 없을 때였는데, 여동생이 전보다 조금 일찍 들어와 마침 그레고르와 딱 마주치게 되었다. 그는 사람들이 보면 깜짝 놀랄 만한 자세로 창밖을 내다보며 꼼짝도 않고 있었다. 그레고르로서도 자신이 서 있는 위치가 그녀가 들어와 곧장 창문을 여는 데 방해가 되기에 그녀가 들어오지 않을 수도 있다는 것을 짐작하지 못한 것은 아니었다. 그런데 그녀는 방을 들어오지 않는 정도가 아니라 뒤로 물러서더니 즉시 문을 닫아버렸다. 아마 모르는 사람이 봤더라면 그레고르가 숨어서 기다리고 있다가 그녀를 덥석 물려고 했던 것으로 생각했을 것이다. 물론 그레고르는 곧장 소파 밑에 몸을 숨겼지만 여동생은 점심때가 되어서 다시 돌아왔는데, 여느 때보다 훨씬 불안해 보였다. 그것으로 그는 자신의 모습을 보는 것이 여동생에게는 여전히 참을 수 없는 일이며, 앞으로도 견디지 못할 일이라는 사실을 알게 되었다. 또한 그녀가 소파 밑에서 비죽이 나온 그의 몸 일부를 보고도 도망치지 않으려면 많은 자제를 해야 한다는 사실도 깨닫게 되었다. 그는 여동생에게 자신의 몸을 조금이라도 보이지 않기 위해 어느 날 침대 시트를 등으로 날라 소파 위에 걸쳐놓았는데—이 일을 하는 데 네 시간이 걸렸다—그런 식으로 시트를 펼쳐놓으니 완전히 가려져 여동생이 몸을 숙여도 그를 볼 수 없게 되었다. 만일 그녀가 이 침대 시트가 쓸모없다고 생각했다면 시트를 걷어버렸을 것이다. 왜냐하면 그렇게 완전히 뒤덮여 있는 것이 그레고르에게 기분좋은 일이 아니라는 것은 분명했기 때문이다. 그러나 그녀는 시트를 그대로 내버려 두었다. 그리고 그레고르가 새로이 시트를 덮어놓은 것을 여동생이 어떻게 받아들이는지 보려고 조심스럽게 시트를 뚫고 머리를 내놓았을 때, 그녀는 오히려 고마워하는 눈치를 보이는 것 같았다.

처음 두 주 동안 부모님은 그의 방에 들어올 엄두조차 내지 못했다. 그는 부모님이 요즘에 여동생이 하는 일에 대해 칭찬하는 소리를 자주 들었다. 여태까지는 부모님의 눈에 쓸모없는 아이로만 보였기 때문에 걸핏하면 그녀에게 화를 내곤 했는데, 지금은 여동생이 그레고르의 방을 치우는 동안 두 분이 종종 방 앞에서 기다리며 서 있곤 했다. 그녀는 방을 나오자마자 방이 어떤 상태에 있는지, 그레고르가 무엇을 먹었는지, 이번에는 어떤 태도를 취했는지, 혹시 좀 나아진 것 같지는 않은지 등을 자세히 얘기해주어야 했다. 한편 어머니는 조만간 그레고르에게 들어가 볼 생각이었지만, 아버지와 여동생은 그럴듯한 이유를 들어 어머니를 말렸다. 그레고르도 그 이유를 자세히 듣고는 전적으로 옳다고 수긍했다. 나중에는 "그레고르에게 가게 해줘! 그 애는 불쌍한 내 아들이야! 내가 아들에게 가야 한다는 것을 이해하지 못해?"라고 외치는 어머니를 힘으로 말려야 했다. 그럴 때면 그레고르는 물론 매일은 아니더라도 어머니가 한 주에 한 번만이라도 들어왔으면 좋겠다고 생각했다. 어머니는 동생보다는 모든 것을 훨씬 더 잘 이해할 것이다. 여동생이 아무리 용감하다 한들 아직 어린아이에 불과하지 않은가. 결국 이런 어려운 임무도 어린애다운 경솔함으로 떠맡은 것인지도 모른다.

어머니를 보고 싶은 그레고르의 소원은 곧 이루어졌다. 그레고르는 부모님을 생각해서 낮 동안에는 창가에 나타나지 않았다. 그러나 몇 평 안 되는 방바닥을 한없이 기어 다닐 수도 없는 노릇이었다. 밤에 가만히 누워 있는 것도 이제는 견디기 힘들었고, 먹는 일도 더는 즐거움을 주지 못했다. 그래서 그는 심심풀이로 벽과 천장을 이리 저리 기어 다니는 버릇을 들였다. 특히 천장에 매달려 있는 것이 좋았다. 그 일은 방바닥에 누워 있는 것과는 전혀 달랐다. 숨쉬기가 훨씬 자유로웠고, 가벼운 전율이 온몸을 훑고 지나갔다. 그레고르는 천장에 매달려 거의 행복에 가까운 방심 상태로 있다가 그만 바닥으로 털썩 떨어질 때가 있어 스스로도 깜짝 놀라곤 했다. 하지만 이제는 전과 달리 몸을 잘 다룰 수가 있어서 그렇게 높은 곳에서 떨어져도 다치지 않았다. 여동생은 그레고르가 만들어낸 새로운 오락거리를 대번에 알아채고—그가 여기저기 기어 다니면서 끈적거리는 점액의 흔적을 남겨놓은 것이다—그레고르가 기어 다닐 공간을 넓혀주려면 그것을 방해하는 가구, 무엇보다 옷장과 책상을 치워야겠다는 생각을 했다. 하지만 혼자서 옮길 수는 없었다. 아버지에게는 감히 도와달라고 하지도 못했다. 물론 하녀도 어림없을 것이 분명했다. 열여섯 살쯤 되는 이 하녀는 비록 지난번에 식모가 그만둔 후로 꿋꿋하게 버티고 있긴 했지만 늘 부엌문을 잠가두고 특별한 일로 부르는 경우에만 문을 열게 해달라고 간청했기 때문이다. 그러니 여동생은 아버지가 안 계신 틈을 타 어머니를 부르는 수밖에 다른 도리가 없었다. 어머니는 기쁨에 겨워 환성을 지르며 여동생을 따라오기는 했지만, 정작 그레고르의 방문 앞에선 입을 꾹 다물었다. 여동생은 우선 방이 제대로 되어 있는지 둘러본 다음에 어머니를 들어오게 했다. 그레고르는 황급히 침대 시트를 당겨 주름이 더 많이 지게 구겨놓았고, 전체적으로는 우연히 소파 위로 떨어진 시트처럼 보였다. 그레고르는 이번에는 시트 밑에서 훔쳐보기를 하지 않았다. 이번에 어머니를 보는 것은 단념하기로 했다. 어머니가 온 것만으로도 기뻤던 것이다.

"들어오세요. 오빠는 안 보여요."

여동생은 이렇게 말하며 어머니의 손을 잡고 안으로 함께 들어왔다. 그레고르는 이제 연약한 두 여인이 무겁고 낡은 옷장을 자리에서 밀어내는 소리를 들었다. 그리고 어머니가 너무 무리한다고 걱정하는 소리에도 개의치 않고 여동생이 일을 대부분 다 하고 있는 것도 알 수 있었다. 일은 매우 오래 걸렸다. 십오 분쯤 지났을 무렵에 어머니가 차라리 옷장을 그대로 두는 게 좋겠다고 말했다. 첫 번째 이유는 옷장이 너무 무거워 아버지가 돌아올 시간에도 일을 마치지 못할 것이니 옷장을 방 한가운데 두면 그레고르가 자유롭게 움직일 수 없다는 것이었고, 두 번째 이유는 가구를 치우는 것을 그레고르가 좋아할지 확실히 모른다는 것이었다. 어머니는 오히려 가구가

62 변신

있는 게 좋다고 했다. 어머니로서는 텅 빈 벽을 보니 가슴이 찡한데, 그레고르라고 왜 그런 느낌을 갖지 않겠느냐는 것이었다. 그레고르는 가구에 정이 들어 있으니 방이 텅 비면 버림받은 느낌이 들 것이라고 했다.

"사실 그렇지 않니."

어머니는 거의 속삭이는 듯이 나지막한 소리로 결론을 내렸다. 그레고르가 어느 방향에 있는지는 알 수 없지만 그가 말을 알아듣지 못한다고 굳게 믿는 어머니는 목소리의 울림조차 들려주지 않으려는 것 같았다.

"사실 그렇지 않니. 만약 우리가 가구를 다 치워버리면 나아지리라는 희망을 포기하고 몰인정하게 그 애를 혼자 내버려 두는 것처럼 보이지 않겠니? 내 생각에는 방을 예전 그대로 해놓는 게 좋을 것 같다. 그래야 그레고르가 다시 우리에게 돌아왔을 때 모든 게 변하지 않았다는 것을 알고 좀 더 쉽게 그동안의 세월을 잊을 수 있을 거야."

어머니의 말을 듣자 그레고르는 사람들과 직접적인 대화를 나누지 않고, 가족들 간의 단조로운 생활 속에 얽혀 있던 이 두 달 동안 자신의 머리가 혼란스러워진 것이 틀림없다고 생각했다. 그렇지 않다면 자기 방이 텅 비어버리기를 진심으로 바라는 마음을 달리는 설명할 수가 없기 때문이다. 정말로 그는 물려받은 가구로 아늑하게 꾸며진 이 방을 동굴로 바꾸고 싶은 걸까? 그 속에서 방해받지 않고 자유롭게 사방을 기어 다니는 대신 인간으로서의 자신의 과거를 최대한 빠르고도 완전하게 잊어버리려 하는 걸까? 지금도 거의 잊어버렸는지도 모른다. 다만 오래전부터 듣지 못한 어머니의 목소리가 지금 그를 일깨워놓은 것이다. 아무것도 치워선 안 된다. 모든 것이 그대로 있어야 한다. 그는 자신의 상태에 가구가 주는 좋은 영향을 무시할 수 없었다. 그가 무의미하게 이리저리 기어 다니는 일을 가구가 방해한다면 그것은 해가 되는 게 아니라 오히려 큰 득이 되는 것이었다.

그러나 유감스럽게도 여동생은 의견이 달랐다. 물론 전혀 당치 않은 일은 아니겠지만, 그녀는 그레고르에 대해 부모님과 얘기할 때는 특히 전문가 행세를 하며 맞서는 버릇이 생겼다. 그래서 지금도 어머니의 충고는 오히려 여동생으로 하여금 처음 생각처럼 옷장과 책상만 치울 게 아니라, 꼭 있어야 하는 소파를 제외한 가구를 모두 들어내자고 주장하게 하는 데 훌륭한 빌미가 되었다. 물론 그녀는 단순히 어린애 같은 고집과 최근 들어 예기치 않게 어렵게 얻은 자신감만으로 그런 주장을 하는 것은 아니었다. 그녀는 그레고르가 기어 다니기 위한 넓은

공간이 필요하다는 것을 실제로 관찰했고, 반면에 누구나 알 수 있듯이 가구는 전혀 사용되지 않았기 때문이다. 어쩌면 기회가 있을 때마다 자기만족을 추구하는 그 또래의 소녀들이 가지는 열광적인 성향이 한몫했는지도 모른다. 그래서 그레테는 이제 그를 위해 여태까지 한 일보다 더 많은 것을 해주기 위해 그레고르의 상태를 한층 더 끔찍하게 만들려는 유혹에 사로잡혀 있는 것이다. 그레고르 혼자서 아무것도 없는 텅 빈 벽을 차지하고 있는 공간이라면 그레테 말고는 아무도 들어가려 하지 않을 것이기 때문이다.

그래서 그녀는 어머니의 만류에도 불구하고 결심을 굽히지 않았다. 방 안에 있으면서 몹시 불안해하던 어머니도 곧 입을 다물고 장을 끌어내는 여동생을 힘껏 도왔다. 그레고르는 정 그래야 한다면 장은 없어도 괜찮지만, 책상만은 반드시 있어야 했다. 그래서 여자들이 끙끙거리며 옷장을 가지고 방을 나가자마자 어떻게 하면 조심스럽고 가능한 신중하게 개입을 할지 살펴보기 위해 소파 밑에서 머리를 내밀었다. 그런데 불행하게도 먼저 돌아온 사람은 어머니였다. 그 사이에 그레테는 옆방에서 혼자 조금도 움직이지 않는 장을 껴안고 이리저리 흔들어보고 있었다. 어머니는 그레고르의 모습에 익숙해 있지 않았고, 그가 어머니에게 충격을 주어 병이 나게 할지도 모르는 일이었다. 그레고르는 화들짝 놀라 뒷걸음질로 소파의 다른 쪽 귀퉁이로 갔다. 그러나 침대 시트 앞부분이 조금 들썩이는 것은 어쩔 도리가 없었다. 그것만으로도 어머니의 주의를 끌기에는 충분했다. 어머니는 멈칫 서서 한순간 꼼짝도 않고 있다가 그레테에게로 돌아갔다.

비록 그레고르는 아무 일도 아니라고, 그저 가구 몇 개를 옮기는 것일 뿐이라고 계속 혼잣말을 했지만 곧 스스로 그렇지 않다는 것을 인정할 수밖에 없었다. 여자들이 들락날락하는 소리, 서로 나지막하게 부르는 소리, 가구가 바닥에 끌리는 소리 따위가 그에게는 사방에서 밀려오는 야단법석처럼 느껴졌다. 그는 머리와 다리를 잔뜩 웅크린 채 몸을 바닥에 착 붙이지 않을 수 없었고, 그 모든 일을 더는 견딜 수 없다고 실토하지 않을 수 없었다. 그녀들이 그의 방을 치우고 있었다. 그가 좋아하던 것을 모조리 빼앗고 있었다. 실톱이며 다른 연장이 들어 있던 장은 이미 내가버렸다. 이제는 바닥에 단단히 박아놓았던 책상을 떼고 있었는데, 그것은 그가 상과商科 대학생, 고등학생, 심지어 초등학생 때에도 숙제를 하던 책상이었다―이제는 정녕 두 여자가 어떤 좋은 의도를 가지고 있는지 생각해볼 때가 아니었다. 게다가 그는 그녀들의 존재조차 완전히 잊고 있었다. 그녀들은 이미 지쳐 아무 말도 없이 일만 하고 있어서 무거운 발자국 소리만 들렸기 때문이다.

그래서 그는 밖으로 나와―여자들은 옆방에서 한숨 돌리기 위해 책상에 기대어 있었다―달리는 방향을 네 번이나 바꾸었다. 그는 무엇부터 건져야 할지 사실 알 수가 없었다. 그때 이미 텅 비어버린 벽에 걸린, 모피로 몸을 감싸고 있는 여인의 사진이 눈에 띄었다. 그는 서둘러 사진 위로 기어 올라가 액자 유리에 몸을 찰싹 붙였다. 유리는 그의 몸에 딱 달라붙어 뜨거운 배를 시원하게 해주었다. 적어도 그레고르가 완전히 가리고 있는 이 사진만큼은 아무도 가져가지 못할 것이다. 그는 여자들이 돌아오는 것을 지켜보기 위해 머리를 문 쪽으로 돌렸다.

그녀들은 오래 쉬지 않고 금방 돌아왔다. 그레테는 어머니를 팔로 껴안고 부축하다시피 하고 있었다.

"그럼 이제 무엇을 내갈까요?"

그레테는 말하며 주위를 둘러보았다. 그 순간 그녀의 시선이 벽에 붙어 있는 그레고르의 시선과 딱 마주쳤다. 그녀는 어머니가 계시기 때문인지 정신을 잃지 않은 채, 어머니가 주위를 둘러보는 것을 막기 위해 얼굴을 어머니 쪽으로 숙이고 덜덜 떨면서 아무렇게나 말했다.

"저기, 잠시 거실로 다시 돌아가는 게 어떨까요?"

그레고르로서는 그레테의 의도가 뻔해 보였다. 어머니를 안전한 곳에 데려다 놓고 나서 그를 벽에서 몰아낼 작정인 것이다. 어디 할 테면 해보라지! 그는 사진 위에 앉아서 그것을 절대 내주지 않을 작정이었다. 그러느니 차라리 그레테의 얼굴 위로 뛰어내릴 것이다.

그러나 그레테의 말은 어머니를 무척 불안하게 만들었다. 어머니는 옆으로 비켜서 꽃무늬 벽지 위에 있는 커다란 갈색 덩어리를 보자마자 눈에 띈 것이 그레고르라는 것을 알아채기도 전에 거친 비명을 내질렀다.

"아이고 맙소사, 아이고 맙소사!"

그러고 나서 어머니는 모든 것을 포기했다는 듯이 두 팔을 벌리고 소파 위로 쓰러져 움직이지 않았다.

"오빠, 정말!"

여동생은 주먹을 치켜들고 째려보며 소리를 질렀다. 그것이 변신을 한 후에 그녀가 그에게 직접 건넨 최초의 말이었다. 그녀는 어떤 것이든 기절해 쓰러진 어머니를 깨울 약물을 가지러 옆방으로 달려갔다. 그레고르도 돕고 싶었다—사진을 구하는 것은 나중에도 할 수 있는 일이었다—그는 유리에 착 달라붙어 있었던 탓에 힘겹게 몸을 떼어내야 했다. 그리고 예전처럼 동생에게 뭔가 충고라도 해줄 수 있을까 해서 옆방으로 달려갔다. 하지만 그녀 뒤에서 속수무책으로 우두커니 서 있을 수밖에 없었다. 그러는 사이에 여동생은 여러 가지 병을 뒤적이다가 뒤로 돌아서면서 소스라치게 놀랐다. 병 하나가 바닥에 떨어져 깨졌다. 파편이 튀어 그레고르의 얼굴에 상처를 냈고, 부식성의 약품이 흘렀다. 그레테는 지체하지 않고 두 손 가득 약병을 쥐고 어머니에게로 달려갔다. 그리고 발로 문을 닫았다. 그레고르는 이제 자신의 잘못으로 죽음에 가까워졌을지도 모르는 어머니와 단절되었다. 어머니 옆에 있어야 하는 여동생을 쫓아낼 생각이 아니라면, 그는 문을 열어서는 안 되었다. 지금 그로서는 기다리는 수밖에 달리 할 수 있는 일이 없었다. 그는 죄책감과 걱정에 휩싸여 기어 다니기 시작했다. 벽, 가구, 천장할 것 없이 온 데를 기어 다니다가, 방이 자기 주위를 빙글빙글 도는 것 같을 때 마침내 절망에 빠져 커다란 탁자위로 쿵 떨어졌다.

그레고르가 축 늘어져 누워 있는 채로 얼마간 시간이 흘렀다. 사방이 고요했다. 어쩌면 좋은 조짐인 것 같았다. 그때 초인종이 울렸다. 하녀는 물론 부엌에 틀어박혀 있으니 그레테가 문을 열어야 했다. 아버지가 온 것이다.

"무슨 일이냐?"

아버지의 첫마디였다. 그레테의 모습이 모든 것을 드러낸 모양이었다. 그레테는 둔탁한 목소리로 대답했는데, 분명 얼굴을 아버지의 가슴에 묻고 있는 것 같았다.

"어머니가 기절하셨어요. 하지만 이젠 괜찮아지셨어요. 오빠가 밖으로 나왔었거든요."

"내 그럴 줄 알았다."

아버지가 말했다.

"내가 늘 말하지 않았니. 그런데 여자들이 통 말을 들어먹어야지, 원."

그레고르가 보아하니 아버지는 그레테의 짤막한 말을 나쁘게 해석하고 그레고르가 어떤 폭력을 저지른 것으로 받아들인 것이 분명했다. 그레고르는 우선 아버지를 진정시켜야 했다. 아버지에게 해명을 하기에는 시간도, 그럴 가능성도 없었기 때문이다. 그래서 그는 자기 방 문 쪽으로 도망쳐 문에 몸을 착 붙였다. 현관에 들어서는 아버지에게 자신은 즉시 방으로 들어갈 좋은 의도를 가지고 있으니, 자기를 몰아댈 필요 없이 문을 열어두기만 하면 당장 방으로 사라지겠다는 것을 보여주기 위해서였다.

그러나 아버지는 그런 섬세한 뜻까지 알아차릴 만한 기분이 아니었다.

"아!"

아버지는 들어서면서 기쁜 것 같기도 하고 화가 난 것 같기도 한 어조로 외쳤다. 그레고르는 문에서 머리를 떼고 아버지를 향해 쳐들었다. 그는 아버지가 지금 이런 모습을 하고 있으리라고는 상상도 하지 못했다. 물론 최근에 새로운 방식으로 기어 다니는 일에 몰두하느라 집이 어떻게 돌아가는지 전처럼 신경을 쓰지 못한 것이 사실이었다. 그러니 실제로 달라진 상황에 맞닥뜨릴 대비를 하고 있어야 했다. 하지만 그렇다 해도 정녕 저 사람이 아버지란 말인가? 예전에 그레고르가 출장을 다녀오면 지쳐서 침대에 푹 파묻혀 있던 그 남자란 말인가? 저녁때 집에 돌아오면 잠옷을 입고 안락의자에 앉아 그를 맞아주던 사람, 일어서기는커녕 반가운 표시로 두 팔만 쳐들었던 사람, 일 년에 고작 몇 번 일요일이나 명절 때 어쩌다 같이 산책을 나가면 워낙 느리게 걷는 어머니와 그레고르 사이에 서서 낡은 외투를 두르고 항상 조심조심 지팡이를 내짚으며 점점 뒤처져 걷던 사람, 게다가 뭔가 할 말이 있으면 늘 걸음을 멈추고 서서 가는 사람을 불러 세우던 그 사람이란 말인가? 그런데 이제 그 사람은 꼿꼿이 서 있었다. 은행 사환처럼 금색 단추가 달린 빳빳한 푸른색 제복을 입고 있었다. 상의의 높고 빳빳한 칼라 위로 강한 이중 턱이 튀어나와 있었고, 숱이 많은 눈썹 밑 검은 눈동자는 생생하고 날카로운 빛을 발하고 있었다. 예전에 헝클어져 있던 흰머리도 아주 반듯하게 가르마를 갈라 윤이 나게 빗어 넘긴 모습이었다. 아버지는 은행의 마크인 것 같은 금색 머리글자가 달린 모자를 획 내던졌다. 모자는 포물선을 그리며 방을 가로질러 소파 위로 떨어졌다. 아버지는 자락이 긴 제복을 뒤로 젖히고 두 손을 바지 주머니에 찌른 채 험악한 표정으로 그레고르에게 다가왔다. 아버지는 자신도 뭘 해야 할지 정확히 모르는 것 같았다. 어쨌든 아버지는 발을 유난히도 높이 쳐들며 걸어왔는데, 그레고르는 장화의 밑창이 무척 큰 것을 보고 놀랐다. 그러나 그는 그대로 얼어붙지는 않았다. 그는 자신이 새로운 생활을 시작하게 된 첫날부터 아버지가 자기를 아주 엄격하게 대하는 것을 합당하게 여겨왔음을 잘 알고 있었다. 그래서 그는 아버지에게서 달아났다. 아버지가 서면 그도 멈추었고, 아버지가 조금만 움직여도 황급히 앞쪽으로 나갔다. 그런 식으로 뭔가 결정적인 일은 일어나지 않은 채 두 사람은 방을 몇 바퀴나 돌았다. 그 모든 일은 아주 느린 속도로 진행되었기 때문에 이들의 행동은 쫓고 쫓기는 것처럼 보이지도 않았다. 그래서 그레고르는 우선 바닥에 머물러 있기로 작정했다. 무엇보다 벽이나 천장으로 도망치면 아버지가 그것을 특별한 악의로 여길까 두려웠다. 물론 그레고르는 이렇게 달리는 일을 계속할 수는 없다고 생각했다. 아버지가 한 걸음을 뗄 때마다 그는 숱하게 많은 동작을 해야 했기 때문이다. 예전에도 썩 튼튼하지 않은 폐를 가졌던 그는 벌써 숨이 턱까지 차올랐다. 이제 오직 달리기 위해 온 힘을 다해 휘적거리느라 눈도 뜰 수 없을 지경이었다. 감각이 둔해진 상태에서 달리는 것 외에 다른 구원책은 전혀 생각할 수도 없었다. 그는 벽을 자유자재로 이용할 수 있다는 사실도 까맣게 잊고 있었다. 물론 거실 벽은 톱니 모양과 뾰족한 모양의 장식으로 세공된 가구로 가로막혀 있지만 말이다. 바로 그때 그의 옆에 뭔가가 가볍게 날아와 떨어지더니 앞쪽으로 굴러왔다. 그것은 사과였다. 곧 두 번째 사과가 날아왔다. 그레고르는 놀라서 그 자리에 멈춰 섰다. 이젠 계속 달려봤자 소용없는 일이었다. 아버지가 그에게 사과 세례를 퍼붓겠다고 결심했기 때문이다. 아버지는 식탁 위의 과일 접시에서 사과를 집어 주머니에 잔뜩 집어넣고 정확히 겨냥도 하지 않은 채 그것을 던지고 또 던졌다. 작고 빨간 사과들은 마치 전기에 감전된 듯 데굴데굴 바닥을 구르며 서로 부딪쳤다. 약하게 던진 사과 하나가 그레고르의 등을 스쳤지만, 상처를 내지

74 변신

않고 그대로 떨어졌다. 그러나 뒤이어 날아온 사과는 정통으로 그레고르의 등에 박혔다. 그레고르는 위치를 바꾸면 급작스럽게 찾아온 지독한 통증이 사라지기라도 하는 듯이 계속 기어가려고 했다. 하지만 못에 단단히 박힌 것 같은 느낌과 함께 모든 감각이 완전히 혼란해지면서 그는 그대로 쭉 뻗어버렸다. 그가 마지막으로 본 것은, 자기 방 문이 활짝 열리면서 뒤편에서 비명을 지르는 여동생에 앞서 어머니가 황급히 뛰어나오는 광경이었다. 어머니는 내의만 입고 있었는데, 여동생이 실신한 어머니가 숨을 편히 쉴 수 있도록 옷을 벗겨놓은 때문이었다. 어머니가 아버지에게 달려오는 동안 끈이 풀린 치마들이 하나씩 하나씩 바닥에 떨어졌다. 그 치마에 걸려 비틀거리다 아버지에게 엎어진 어머니는 아버지를 꽉 껴안음으로써 아버지와 완전히 하나가 되더니—그때 그레고르는 이미 시력을 잃었다—두 손으로 아버지의 목을 끌어안고 그레고르를 살려달라고 애원했다.

III

그레고르가 한 달이 넘도록 고통
을 당한 심한 상처는—아무도 사과를 떼어내겠다고 나서
지 않았기 때문에 그것은 눈에 보이는 기념물처럼 살 속
에 그대로 박혀 있었다—비록 그레고르가 현재 처량하고
역겨운 몰골로 있다 해도 가족의 일원이며, 그를 적대시
하기보다 혐오감을 누르고 참고 또 참는 것이 가족으로
서의 도리라는 것을 아버지에게까지도 기억에 새기도록
하는 것 같았다.

   그레고르는 상처 때문에 어쩌면 움직이는 능력을 영원
히 잃어버릴지도 모르고, 우선은 방을 가로지르는 데도

늙은 상이군인처럼 시간이 무척이나 오래 걸렸지만―높은 곳으로 기어오르는 일은 생각할 수도 없었다―그는 자신의 상태가 이렇게 악화된 것에 대한 보상을 충분히 받고 있다고 생각했다. 그때 이후로 저녁 무렵이 되면 그가 한두 시간 전부터 미리 주의 깊게 살펴보고 있던 거실 문이 항상 열리게 된 것이다. 그럼으로써 그는 거실 쪽에서는 보이지 않도록 어두운 자기 방에 엎드려, 불 켜진 식탁에 온 가족이 앉아 있는 것을 보면서 그들의 이야기를 들을 수 있었다. 말하자면 전과는 완전히 달리, 어느 정도의 허락하에 가족들의 대화를 들어도 되는 것이었다.

물론 그것은 그레고르가 작은 호텔 방에서 피곤에 지친 몸을 눅눅한 침대에 던지고 아쉬움 속에 늘 떠올리곤 하던 예전과 같은 생기 넘치는 대화는 아니었다. 요즘은 대부분 너무도 조용하기만 했다. 아버지는 저녁 식사를 마치자마자 곧 안락의자에서 잠이 들었고, 어머니와 여동생은 서로 조용히 하라고 주의를 주었다. 어머니는 등불 아래로 고개를 숙이고 양장점에서 받아 온 고급 내의를 바느질했다. 판매원의 자리를 얻은 여동생은 혹시 나중에 좀 더 좋은 자리를 얻을 요량인지 저녁마다 속기와 프랑스어를 공부했다. 가끔 아버지가 잠에서 깨어나 자신이 잠들었었다는 사실을 전혀 모르는 것처럼 어머니에게 "오늘도 바느질을 너무 오래 하는군!" 하고 말하고는 곧 다시 잠이 들었다. 그러면 어머니와 여동생은 서로에게 피곤한 얼굴로 미소를 지어 보였다.

아버지는 일종의 고집으로 집에서도 사환 제복을 벗지 않으려 했다. 그래서 잠옷은 쓸모없이 늘 옷걸이에 걸려 있는 한편, 아버지는 언제라도 일할 자세로 윗사람의 지시를 기다리기라도 하듯 완전히 옷을 다 갖춰 입은 채 자리에서 졸았다. 그런 이유로 처음부터 새것이 아니었던 제복은 어머니와 여동생이 아무리 세심하게 손질해도 깨끗하질 못했다. 그레고르는 자주 저녁 내내 언제나 반짝거리는 금색 단추가 달린 지저분하기 짝이 없는 아버지의 옷을 보았다. 그런 옷을 입은 노인은 불편한 자세에도 불구하고 편안하게 잠을 잤다.

시계가 열 시를 치면 어머니는 아버지를 조용히 깨워 침대에 가서 자라고 설득했다. 의자에서는 제대로 잠을 잘 수 없을뿐더러 여섯 시면 일을 시작해야 하는 아버지에게는 잠을 푹 자는 것이 무엇보다도 필요했기 때문이다. 그러나 아버지는 사환 일을 시작하면서 생긴 고집에 빠져, 매번 잠이 들면서도 계속 식탁에 더 있겠다고 버티곤 했다. 그래서 아버지를 안락의자에서 침대로 옮기기란 무척 수고스러운 일이었다. 이럴 때 어머니와 여동생은 약간 질책을 섞어 아버지를 설득했는데, 그런데도 아버지는 십오 분간이나 고개를 천천히 저으며 눈을 감은 채 일어서지 않았다. 어머니가 아버지의 팔을 잡아당기며 귀에 대고 좋게 달래는 말을 속삭이고, 여동생은 하던 과제를 놔두고 어머니를 거들었지만 아버지는 꿈쩍도 하지 않았다. 안락의자 속으로 점점 깊이 들어갈 뿐이었다. 두 여자가 겨드랑이를 잡아 올릴 때야 아버지는 겨우 눈을 뜨고 어머니와 여동생을 번갈아 보며 말하곤 했다.

"이것이 인생이로군. 이것이 내 노년의 휴식이야."

그러고는 마치 자신의 몸 자체가 커다란 짐이라도 되는 양 두 여자에 의지해 귀찮아하며 몸을 일으켰다. 아버지는 문 앞까지 그렇게 부축을 받다가 거기에서 두 사람을 물러가게 하고 혼자 걸어갔다. 하지만 어머니는 바느질감을, 여동생은 펜을 급히 놓고 아버지를 뒤따라가 계속 거들어주었다.

이토록 일에 지쳐 피곤한 식구들 중에 누가 반드시 필요한 일 이상으로 그레고르를 보살피겠는가? 살림은 점점 궁핍해졌다. 이제 하녀도 내보냈다. 그 대신 흰 머리카락이 흩날리는, 몸집이 크고 뼈대가 굵은 파출부가 아침저녁으로 와서 어려운 일을 거들었다. 그 외의 모든 일은 어머니가 많은 바느질 일을 하면서 동시에 해냈다. 심지어 전에 어머니와 여동생이 아주 좋아해 모임이나 잔치 때 달고 다녔던 장식품까지 내다 팔았다. 그레고르는 저녁에 가족들이 나누는 대화 중에 얼마를 받고 팔까 의논하는 소리를 듣고 그 사실을 알게 되었다. 그러나 식구들의 가장 큰 걱정거리는 항상 지금의 형편으로는 너무 큰 이 집을 떠날 수 없다는 것이었다. 그레고르를 어떻게 옮길지 방법을 생각해낼 수가 없었기 때문이다. 그러나 그레고르는 이사를 어렵게 하는 것은 자기를 고려하기 때문만은 아니라는 것을 잘 알고 있었다. 자기는 적당한 상자에 구멍을 몇 개 뚫으면 간단하게 옮길 수 있을 터였다. 그보다 가족들이 실제로 이사를 가지 못하는 이유는, 자기들이 친척이나 친지들을 통틀어 아무도 당하지 않은 불행을 당했다는 생각과 극심한 절망감 때문이었다. 식구들은 세상이 가난한 사람들에게 요구하는 온갖 일을 최대한으로 해냈다. 아버지는 말단 은행원들에게 아침 식사를 날라다 주었고, 어머니는 낯선 사람들의 속옷을 바느질했으며, 여동생은 손님들의 지시로 판매대 뒤에서 이리저리 뛰어다녔다. 그러나 식구들의 힘은 그 이상 오래갈 수 없었다. 어머니와 여동생이 아버지를 침대에 모셔드리고 다시 돌아와서 하던 일을 놔두고 둘이 서로 뺨과 뺨이 맞닿을 정도로 가까이 앉아 있다가 어머니가 그레고르의 방을 가리키며 "그레테, 저기 문을 좀 닫아라"라고 말할 때, 그래서 그레고르가 다시금 어둠 속에 있는 동안 부둥켜안은 여자들이 눈물을 섞거나 혹은 눈물도 흘리지 못하고 식탁만 멍하니 쳐다보고 있을 때, 그는 등에 생긴 상처가 마치 새로 생긴 것처럼 아파왔다.

그레고르는 밤낮으로 거의 잠을 이루지 못했다. 때때로 그는 다음번에 문이 열리면 예전처럼 가족의 일을 다시 도맡으리라는 생각을 했다. 오랜만에 그의 머릿속에 사장, 지배인, 직원, 수습사원, 아둔한 사환 아이, 다른 회사에 다니는 두세 명의 친구, 어느 시골 호텔의 하녀, 스쳐 지나간 아름다운 추억, 진심이었지만 너무 늦게 구혼했던 모자 가게 아가씨 등이 떠올랐다—이들은 모두 낯선 사람들이나 혹은 이미 잊힌 사람들과 뒤섞인 채 나타났는데, 그와 가족들을 도와주기는커녕 모두 가까이하기 어려운 사람들이었다. 그래서 그들이 사라지자 그는 기뻤다. 하지만 그런 후엔 다시금 가족들을 돌보고 싶은 기분이 싹 사라졌고, 푸대접에 대한 분노로 가득 찼다. 그는 무엇을 먹고 싶은지 전혀 알지도 못하면서 식품 저장실에 갈 계획을 세웠다. 배는 고프지 않았지만 그곳에서 뭔가를 먹을 작정이었다. 요즘은 여동생이 그레고르가 특별히 좋아하는 것이 무엇인지 생각지도 않고 아침과 점심때 가게로 달려가기 전에 그레고르의 방에 아무 음식이나 급하게 발로 밀어 넣었다. 그리고 저녁때는 음식을 조금이라도 먹었는지 혹은—가장 빈번한 일이었다—전혀 입도 대지 않았는지 상관하지 않고 무심하게 한 번에 빗자루로 쓸어내 버렸다. 이제는 늘 저녁때에 하는 방 청소도 어찌나 빠른지, 그보다 더 빠를 수는 없을 정도였다. 벽에 더러운 줄이 죽죽 그어져 있고, 먼지와 오물 더미가 여기저기에 쌓였다. 처음에 그레고르는 여동생이 들어오면 특히 그런 오물이 있는 구석에 가 서서 그녀를 비난하는 뜻을 내비치려 했다. 그러나 그가 그 자리에 몇 주를 서 있다 해도 여동생은 조금도 나아지지 않을 것 같았다. 여동생도 분명히 똑같이 더러운 것을 보면서도 그대로 내버려 두기로 작정한 것이다. 사실 온 가족이 신경과민이 되었지만, 그러면서 그녀는 전과 달리 굉장히 예민해져서 그레고르의 방 청소는 자기에게 맡겨진 몫이라고 유난히 신경을 곤두세웠다. 한번은 어머니가 그레고르의 방을 대청소한 적이 있었는데, 물을 몇 양동이나 써서 겨우 청소를 마칠 수 있었다. 물론 그레고르도 방이 온통 젖은 것이 불쾌해 소파 위에 벌렁 누워 꼼짝도 않고 있었다. 어머니는 곧 그 일로 곤혹을 면치 못했다.

저녁에 여동생이 집에 돌아오자마자 그레고르의 방이 달라진 것을 알아채고 대단한 모욕을 당했다는 듯이 거실로 달려가더니 어머니가 두 손을 쳐들고 애원하는 것도 아랑곳하지 않고 와락 울음을 터뜨린 것이다. 부모님은―물론 아버지는 안락의자에 앉아 있다가 깜짝 놀랐다―처음엔 놀라서 망연히 쳐다보고만 있었으나 곧 반응을 보이기 시작했다. 아버지는 오른편에서 어머니에게 그레고르의 방 청소를 왜 딸에게 맡기지 않았느냐고 야단을 쳤고, 여동생은 왼편에서 앞으로 다시는 그레고르의 방을 치우지 말라고 악을 썼다. 어머니가 화가 나서 어쩔 줄 모르는 아버지를 침실로 끌고 가려고 애쓰는 한편, 여동생은 흐느끼느라 몸을 떨면서 작은 두 주먹으로 식탁을 마구 쳐댔다. 그레고르는 문을 닫아 이런 광경과 소음을 가려주려 하는 사람이 아무도 없는 것에 화가 치밀어 씩씩거렸다.

그러나 직장 일에 지쳐 돌아온 여동생이 전처럼 그레고르를 돌보는 일이 지겨워졌다 하더라도 어머니가 대신해서 들어올 필요는 전혀 없을 뿐 아니라, 또 그레고르가 소홀히 취급당할 필요도 없었다. 왜냐하면 이제 파출부가 있었기 때문이다. 억센 골격 덕에 평생토록 지독한 고생을 이겨냈을 듯한 늙은 과부는 그레고르를 별로 끔찍하게 여기지 않았다. 그녀는 호기심에서가 아니라 우연히 그레고르의 방문을 열고 그의 모습을 본 적이 있었다. 그때 그는 깜짝 놀란 나머지 아무도 쫓아오지 않는데도 우왕좌왕하며 달리기 시작했다. 그런데 파출부는 깍지 낀 두 손을 배에 걸치고 멍하게 서 있기만 했다. 그 후로 그녀는 아침저녁으로 지나가며 문을 조금 열고 그레고르를 들여다보는 일을 거르지 않았다. 처음에는 "이리 와봐라, 늙은 말똥구리야!"라고 하거나 "저 말똥구리 좀 봐!"라고 하는 등 제 딴에는 다정한 뜻으로 그를 불렀다. 그레고르는 이런 식으로 부르는 말에 대답하지 않고, 마치 문이 열려 있지 않기라도 하듯 그 자리에 꼼짝도 않고 가만히 있었다. 이 파출부더러 제멋대로 그를 성가시게 하지 말고 차라리 그의 방을 매일 치우라고 시키면 오죽이나 좋을까! 어느 날 이른 아침―벌써 봄이 온다는 신호인지 거센 비가 창문을 때리고 있었다―파출부가 또 그 말버릇으로 떠들려고 하자, 무척 화가 난 그레고르는 매우 느릿하고 힘도 없지만 공격이라도 할 듯이 그녀를 향해 돌아섰다. 그런데 할멈은 무서워하기는커녕 문 가까이에 있던 의자를 높이 쳐들었다. 입을 떡 벌리고 서 있는 폼이 손에 들고 있는 의자를 그레고르의 등에 내려치고 나서야 입을 다물겠다는 뜻이 분명했다.

"왜, 더 해보지 그러냐?"

그레고르가 몸을 돌리자 그녀는 말하며 의자를 다시 구석에 조용히 내려놓았다.

그레고르는 요즘 들어 먹는 게 거의 없었다. 우연히 넣어준 음식 가까이로 지나갈 때 장난삼아 한 입 베어 물지만, 입 안에 음식을 넣은 채 몇 시간이고 머금고 있다가 대부분 다시 뱉어냈다. 처음에 그는 달라진 방 때문에 슬퍼서 식욕이 없나 보다고 생각했다. 하지만 방이 달라진 것은 사실 금세 적응되었다. 식구들은 다른 곳에 둘 수 없는 물건을 그의 방 안으로 들여놓기 시작했다. 이제 그런 물건이 아주 많아졌는데, 방 하나를 세 명의 하숙인에게 세를 놓았기 때문이다. 이 엄숙한 신사들은—그레고르는 문틈으로 보고 알게 되었는데, 세 남자 모두 얼굴이 온통 수염으로 뒤덮여 있었다—정리 정돈에 대해 아주 까다롭게 굴었다. 그들은 자기들이 세를 든 이상 자기네 방뿐만 아니라 집 전체, 특히 부엌이 정리되어 있어야 한다고 생각했다. 또 쓰지 않는 물건이나 지저분한 잡동사니를 참지 못했다. 게다가 자기들이 쓰던 세간을 거의 가지고 왔기 때문에 많은 물건이 남아돌게 되었는데, 그 물건들은 내다 팔 만한 것도 아니었지만 식구들은 버리려고도 하지 않았다. 이 모든 물건이 그레고르의 방으로 옮

겨졌다. 심지어 부엌에 있던 재 담는 통과 쓰레기통까지
왔다. 언제나 서둘러대는 파출부는 어떤 물건이 당장에
쓸모없어 보이기만 하면 냉큼 그레고르의 방에 내던졌
다. 다행스럽게도 그레고르에게는 대부분 그런 물건이나
그것을 쥐고 있는 손만 보였다. 파출부는 아마도 시간이
나 기회가 있으면 물건들을 다시 가지고 가거나 한꺼번
에 버리려는 생각을 했는지도 모른다. 그러나 그레고르
가 그 물건들 사이를 꿈틀꿈틀 기어 다니며 움직여놓지
않았더라면 그것들은 처음 던져진 곳에 그대로 있었을
것이다. 처음에는 기어 다닐 공간이 없어서 마지못해 물
건들을 건드리고 다녔지만, 나중에는 그 일에 점점 재미
를 붙이게 되었다. 비록 그런 식으로 돌아다닌 후에는 죽
을 만큼 지치고 슬퍼져 몇 시간이고 꼼짝도 하지 못했지
만 말이다.

　하숙인들이 가끔 거실에서 저녁 식사를 했기 때문에,
어떤 때는 저녁에도 거실 문이 닫혀 있었다. 그러나 그레
고르는 문이 열리길 바라진 않았다. 게다가 몇 번인가 문
이 열려 있는 저녁에도 그 기회를 이용하지 않고 식구들
이 알아채지 못하게 방의 가장 어두운 구석에 엎드려 있
었다. 한번은 파출부가 저녁에 거실 문을 조금 열어두었
는데, 하숙인들이 들어와 불을 켤 때까지 그대로 열려 있

었다. 그들은 예전에 아버지, 어머니, 그레고르가 앉았던 식탁에 앉아 냅킨을 펼치고 나이프와 포크를 손에 쥐었다. 곧바로 어머니가 고기 그릇을 들고 왔고 뒤이어 여동생이 감자가 수북이 얹힌 그릇을 들고 문에 나타났다. 음식에서 무럭무럭 김이 나고 있었다. 하숙인들은 먹기 전에 검사라도 하듯 앞에 놓인 그릇 위로 몸을 숙였다. 그리고 다른 두 사람보다 권위가 있어 보이는 가운데 앉은 사람이 그릇에 담긴 고기를 한 조각 잘랐다. 고기가 연하게 잘 익었는지 아니면 다시 부엌으로 돌려보내야 하는지 결정하기 위해서였다. 그가 만족해하자, 그때까지 바짝 긴장해서 지켜보고 있던 어머니와 여동생은 안도의 한숨을 내쉬며 미소를 지었다.

정작 가족들은 부엌에서 식사를 했다. 그러나 아버지는 부엌으로 가기 전에 거실에 들어가 모자를 든 채 허리를 굽혀 꾸벅 절을 하고는 식탁 주위를 한 바퀴 돌았다. 하숙인들은 모두 일어나 수염에 덮인 입으로 뭐라고 중얼거렸다. 그들은 자기들만 남게 되자 아주 조용히 식사를 했다. 그레고르에게는 식사를 하면서 내는 여러 가지 소리 중에서도 유독 그들이 이로 씹어대는 소리만 계속 들리는 것이 굉장히 이상하게 여겨졌다. 마치 그럼으로써 음식을 먹기 위해서는 이가 필요하다는 것, 그리고 이가 없는 턱은 아무리 멋져봤자 아무 쓸모가 없다는 것을 그레고르에게 알려주기라도 하는 것 같았다.

"나도 뭔가 먹고 싶다."

그레고르는 근심스레 혼잣말을 했다.

"하지만 저런 음식은 싫어. 저들은 잘만 먹는데, 나는 죽어가고 있구나!"

바로 그날 저녁―그레고르는 오랫동안 바이올린 소리를 들은 기억이 없었다―바이올린 소리가 부엌 쪽에서 울렸다. 하숙인들은 이미 식사를 끝낸 뒤였다. 가운데 앉은 남자가 신문을 꺼내 다른 두 사람에게 한 장씩 나누어주었고, 그들은 뒤로 기대 신문을 읽으며 담배를 피우고 있었다. 바이올린이 연주되기 시작하자 그들은 귀를 기울이더니 일어나 발끝을 들고 현관문 쪽으로 가서 나란히 붙어 섰다. 부엌에서 기척이 들렸는지 아버지가 외쳤다.

"혹시 연주가 마음에 들지 않으십니까? 그러시다면 당장 그만두게 하겠습니다."

"천만에요."

가운데 있는 남자가 말했다.

"아가씨가 이리 거실로 와 연주하면 어떻겠습니까? 여기가 훨씬 더 편안하고 아늑하지 않을까요?"

"오, 그러지요."

아버지는 자기가 바이올린 연주가인 양 외쳤다. 신사들은 거실에 자리를 잡고 기다렸다. 곧 아버지는 보면대를, 어머니는 악보, 여동생은 바이올린을 들고 왔다. 여동생은 침착하게 연주를 할 자세를 갖추었다. 전에는 한 번도 방을 세놓은 적이 없었던 부모님은 하숙인들에게 지나치게 예절을 지키느라 감히 자기들의 안락의자에도 앉을 엄두를 내지 못했다. 아버지는 여민 제복의 단추 사이에 오른손을 끼운 채 문에 기댔고, 어머니는 한 남자가 의자를 내주며 앉으라고 권하자 그 사람이 아무렇게나 가져다 놓은 그대로 한쪽 구석에 앉았다.

여동생이 연주를 시작했다. 아버지와 어머니는 둘 다 자기 자리에서 그녀의 손놀림을 유심히 지켜보았다. 바이올린 소리에 이끌린 그레고르는 조금씩 앞으로 나와 어느새 머리를 거실에 들이밀고 있었다. 그는 요즘 들어 자기가 다른 사람들을 별로 염두에 두지 않는다는 것도 그다지 이상하게 생각지 않았다. 예전에는 남에 대한 배려를 자랑스럽게 여겼던 그였는데 말이다. 게다가 지금이야말로 몸을 숨겨야 할 이유가 더 많다고 할 수 있었다. 그의 방 어디에나 쌓여 있는 먼지가 조금만 움직여도 풀풀 날려 그는 먼지를 잔뜩 뒤집어쓰고 있었기 때문이다. 그는 실오라기, 머리카락, 음식 찌꺼기를 등과 옆구리에 붙인 채 이리저리 기어 다녔다. 예전에는 하루에도 몇 번씩 등을 양탄자에 대고 문질렀는데, 이제는 모든 것에 대해 너무나도 무심해져 버렸다. 그래서 이렇게 지저분한 상태임에도 불구하고 말끔한 거실 바닥에 몸을 내미는 것에 거리낌이 없었다.

물론 아무도 그에게 주의를 기울이지 않았다. 가족들은 바이올린 연주에 온통 정신을 빼앗기고 있었다. 반면에 하숙인들은 처음에는 바지 주머니에 손을 집어넣은 채 모두가 악보를 들여다볼 수 있을 정도로 여동생의 보면대 뒤로 바짝 다가가 그녀의 연주를 방해하더니, 곧 머리를 숙이고 뭐라고 떠들며 창문께로 다시 물러갔다. 아버지는 근심스러운 시선으로 그들을 살펴보았다. 아름답고 즐거운 연주를 기대했다가 실망하고 싫증이 났지만 예의상 가만히 있는 것 같았다. 특히 그들이 입과 코로 담배 연기를 공중에 대고 뿜어대는 태도는 몹시 신경질이 난 것처럼 보였다. 하지만 여동생은 아주 멋지게 연주하고 있었다. 그녀는 고개를 옆으로 기울이고, 조심스럽고도 슬픈 시선으로 악보를 따라가고 있었다. 그레고르는 조금 더 앞으로 기어 나가 어떻게든 여동생과 시선을 맞추기 위해 바닥에 머리를 바짝 갖다 댔다. 이토록 음악

에 감동하는데도 그가 동물이란 말인가? 그에게는 마치 동경하던 미지의 양식에 이르는 길이 열리는 것 같았다. 그는 여동생 앞으로 나가 치마를 잡아당김으로써 바이올 린을 들고 자기 방에 오라는 암시를 주기로 결심했다. 여 기에는 아무도 자기만큼 그녀의 연주를 알아주는 사람이 없기 때문이다. 그는 최소한 그가 살아 있는 동안은 다시 는 여동생을 자기 방에서 나가게 하지 않을 작정이었다. 그의 끔찍한 모습이 처음으로 쓸모가 있을 것 같았다. 그 는 자기 방으로 통하는 모든 문에서 동시에 공격자를 물 리칠 것이다. 하지만 여동생은 억지로가 아니라 스스로 그의 방에 있어야 한다. 그녀를 소파 위 자기 옆에 앉히 고 자신의 말에 귀를 기울이게 할 것이다. 그리고 그는 자기에게 여동생을 음악학교에 보낼 확고한 의지가 있었 으며, 그 사이에 이런 불행한 일만 생기지 않았더라면 지 난 크리스마스 때─크리스마스가 벌써 지나갔나?─어떤 반대를 무릅쓰고라도 모두에게 그 계획을 말했을 것이라 고 털어놓으리라. 그런 설명을 들으면 여동생은 감동을 받아 울음을 터뜨릴 것이며, 그레고르는 그녀의 어깨에 까지 몸을 세워 그녀가 직장에 다니면서부터 리본이나 옷깃도 없이 드러내고 있는 목에 입을 맞출 것이다.

"잠자 씨!"

가운데 남자가 아버지에게 소리치더니 할 말을 잃고 천천히 앞으로 움직이고 있는 그레고르를 손가락으로 가리켰다. 바이올린 소리가 멈추었다. 가운데 남자는 그제야 고개를 가로저으며 친구들에게 미소를 지어 보였다. 그러더니 다시 그레고르를 쳐다보았다. 아버지는 그레고르를 몰아내기에 앞서 하숙인을 진정시키는 것이 우선이라고 생각하는 듯했다. 그런데 이 사람들은 조금도 흥분하지 않고, 바이올린 연주보다 그레고르에게 더 흥미를 느끼는 것 같았다. 아버지는 서둘러 그들에게 다가가 두 팔을 쫙 벌리고 그들을 그들 방으로 밀어 넣으려 하는 동시에 머리로는 쳐다보지 못하도록 그레고르를 가렸다. 그러자 그들은 정말로 화를 좀 냈는데, 그것이 아버지의 행동 때문인지 혹은 그레고르 같은 존재가 옆방에 있었던 사실을 지금에야 알게 된 때문인지 알 수 없었다. 그들은 아버지에게 해명을 요구하며 자기들도 팔을 쳐들고 불안스레 수염을 잡아당기고 하더니 천천히 자기네 방으로 물러갔다. 그 사이에 갑작스레 연주가 중단되어 얼이 빠져 있던 여동생은 마음을 가다듬었다. 그녀는 한동안 축 늘어진 손으로 바이올린과 활을 잡고 마치 연주를 계속할 것처럼 악보를 쳐다보았다. 그러더니 갑자기 정신을 차려 호흡곤란으로 숨을 헐떡거리며 안락의자에 망연히 앉아 있는 어머니의 무릎에 악기를 내려놓고 옆방으로 달려갔다. 하숙인들은 아버지가 재촉하는 바람에 그 방으로 더 빨리 다가가고 있었다. 여동생이 재빠른 손놀림으로 침대의 이불과 베개를 풀썩이며 정돈하는 것이 보였다. 그녀는 하숙인들이 방에 들어오기도 전에 침대 정돈을 마치고 방에서 나왔다. 아버지는 세를 든 사람들에게 마땅히 보여야 하는 예절도 까맣게 잊어버리고 다시 고집을 피우는 것 같았다. 아버지는 자꾸만 재촉했고, 마침내 방문에 다다르자 가운데 남자가 발을 쾅쾅 굴러 아버지를 세웠다.

"이 자리에서 밝혀두겠습니다."

그는 한 손을 쳐들며 눈으로 어머니와 여동생도 찾았다.

"이 집과 가족을 둘러싼 혐오스러운 상황을 고려해— 그는 이 말을 하면서 단호하게 바닥에 침을 탁 뱉었다— 내 방을 즉시 빼겠습니다. 물론 지금까지 여기서 지낸 날에 대한 방세도 지불하지 않겠습니다. 오히려 내가—정말입니다—당신에게 어떤 배상을 청구해야 하지 않을까 신중하게 고려해보려 합니다. 그 근거는 아주 쉽게 찾을 수 있겠죠."

그는 입을 다물고 마치 뭔가를 기다리는 것처럼 앞을 똑바로 보았다. 그러자 다른 두 친구가 입을 열었다.

"우리도 당장 방을 내놓겠습니다."

그리고 그는 문고리를 잡고 문을 꽝 닫았다.

아버지는 비틀거리며 손으로 안락의자를 더듬어 털썩 앉았다. 습관대로 몸을 쭉 뻗고 저녁잠을 자려는 것 같았으나 쉴 새 없이 머리를 끄덕이는 것으로 보아 전혀 잠이 든 게 아니었다. 그레고르는 하숙인들이 그를 발견한 자리에서 내내 꼼짝도 않고 가만히 있었다. 계획이 실패로 끝난 것에 대한 실망과 더불어 너무 굶어 쇠약해진 탓인지 움직일 수가 없었다. 그는 한꺼번에 폭발하는 뭔가가 곧이어 그를 덮칠 것 같은 두려움에 떨며 그것을 기다렸다. 바이올린이 어머니의 떨리는 손가락에서 미끄러져 요란한 소리를 내며 떨어졌지만 그 소리에도 그는 조금도 놀라지 않았다.

"어머니, 아버지."

여동생이 손으로 식탁을 치며 입을 열었다.

"더는 이렇게 살 수 없어요. 두 분은 모르신다 해도 전 잘 알아요. 전 저런 괴물에게 오빠의 이름을 붙여 부르기 싫어요. 저는 이 말밖에 할 말이 없어요. 우리는 저것에게서 벗어나야 해요. 저것을 보살피고 견디기 위해 인간이 할 수 있는 일은 다 했어요. 아무도 우리를 비난할 수 없을 거예요."

"그 말이 백번 옳아."

아버지가 혼잣말을 했다. 아직 숨을 고르지 못한 어머니는 정신이 나간 눈빛을 하며 손으로 입을 가리고 낮은 기침을 하기 시작했다.

여동생이 다급히 어머니에게 가서 이마를 받쳐주었다. 아버지는 여동생이 한 말로 뭔가 생각을 굳힌 것 같았다. 그는 하숙인들이 저녁 식사를 하느라 놓아둔 접시 사이에서 사환 모자를 만지작거리며 가끔씩 꼼짝도 않고 있는 그레고르를 쳐다보았다.

"우리는 저것을 떨쳐낼 방법을 찾아야 돼요."

어머니는 기침을 하느라 듣지 못하고 있었기 때문에 여동생은 아버지에게만 말했다.

"저것이 두 분을 돌아가시게 하고 말 거예요. 저는 그게 뻔히 보여요. 우리 모두가 고되게 일을 해야 하는 처지에 집에서까지 저런 끊임없는 두통거리를 감당할 수는 없어요. 저도 더는 못 하겠어요."

그러고는 와락 울음을 터뜨리는 바람에 어머니의 얼굴로 눈물이 떨어졌다. 그녀는 기계적인 손놀림으로 어머니의 얼굴에서 연방 눈물을 닦아냈다.

"얘야."

아버지가 남다른 이해심과 연민에 가득 차 말했다.

"그러면 우리가 어떻게 해야 한단 말이냐?"

여동생은 좀 전의 단호하던 태도와는 달리 울면서 자기도 모르겠다며 어깨를 으쓱해 보였다.

"그레고르가 우리의 말을 알아듣는다면"

아버지는 반쯤 물어보는 뜻으로 말했다. 여동생은 울다 말고 그런 일은 생각할 수도 없다는 듯 세차게 손을 저었다.

"그레고르가 우리의 말을 알아듣는다면"

아버지는 같은 말을 되풀이했다. 그리고 불가능하다는 여동생의 확신을 시인하며 지그시 눈을 감았다.

"그렇다면 저 애와 무슨 합의라도 할 수 있으련만. 하지만 저렇게……."

"내쫓아야 해요."

여동생이 버럭 소리쳤다.

"그게 유일한 방법이에요. 아버지, 저게 오빠라는 생각을 버리세요. 그렇게 생각해왔던 것이 바로 우리의 진정한 불행이에요. 어떻게 저게 오빠일 수가 있어요? 만일 저게 오빠라면 사람이 저런 짐승하고 같이 사는 것이 불가능하다는 사실을 진작에 알았을 거예요. 그리고 제 발로 떠났겠죠. 그랬다면 오빠는 없지만 우리는 계속 생활을 이어나가면서 오빠에 대한 좋은 기억을 간직할 수 있었을 거예요. 하지만 저 짐승은 우리를 못살게 굴고 하숙인들을 몰아냈어요. 나중엔 분명히 집 전체를 차지하고 우리를 길바닥에 내쫓을 거예요. 저것 좀 보세요, 아버지."

갑자기 그녀가 비명을 질렀다.

"또 시작해요!"

그러더니 그녀는 그레고르로서는 전혀 알 수 없는 공포에 사로잡혀 그레고르의 가까이에 있느니 차라리 어머니를 희생시키겠다는 듯 안락의자에 앉아 있는 어머니마저 저버리고 후닥닥 아버지의 뒤로 달려갔다. 그녀의 행동에 자극을 받은 아버지도 자리에서 일어나 딸을 보호하려는 듯이 두 팔을 엉거주춤 쳐들었다.

그러나 그레고르는 여동생은 물론 누구에게도 겁을 줄 생각이 없었다. 그는 단지 자기 방으로 돌아가려고 몸을 돌리기 시작했을 뿐이다. 그런데 그 동작이 유난히 두드러져 보였다. 고통스러운 상태에서 힘겹게 몸을 돌리자니 머리를 같이 움직일 수밖에 없었는데, 이때 머리를 여러 번 쳐들었다가 바닥에 쿵쿵 찧었기 때문이다. 그는 멈춰 서서 주위를 살펴보았다. 가족들은 그에게 악의가 없다는 것을 알아차린 것 같았다. 조금 전엔 순간적으로 놀랐을 뿐이었다. 이제는 모두가 말없이 슬픈 표정으로 그를 쳐다보고 있었다. 어머니는 쭉 뻗은 다리를 모으고서 의자에 누워 있었는데, 몹시 지쳐 눈이 거의 감겨 있었다. 아버지와 나란히 앉은 여동생은 아버지의 목을 끌어안고 있었다.

'이제 몸을 돌려도 되겠지.'

그레고르는 생각하며 다시 움직이기 시작했다. 그는 힘이 들어 숨을 헐떡이지 않을 수 없었고, 가끔씩 쉬어야 했다. 그를 재촉하는 사람은 아무도 없었다. 모든 것이 그 자신에게 맡겨져 있었다. 몸을 완전히 돌리자마자 그는 방을 향해 기어갔다. 그는 지금 있는 곳과 자기 방과의 거리가 그토록 멀다는 것에 놀랐다. 이토록 쇠약한 몸으로 잠깐 사이에 그 먼 길을 자기도 모르게 기어 나왔다는 사실을 도무지 이해할 수 없었다. 빨리 기어가려는 생각에만 골몰한 그는 식구들이 소리를 지르거나 무슨 말을 해서 그를 방해하지 않았다는 사실도 미처 깨닫지 못했다. 문에 이르러서야 비로소 그는 고개를 돌렸다. 하지만 목이 뻣뻣해진 느낌이 들어 고개를 완전히 돌릴 수는 없었다. 다만 그의 뒤에서 여동생이 일어선 것 외에 아무런 변화도 일어나지 않았음은 확인할 수 있었다. 그의 마지막 시선은 완전히 잠이 든 어머니를 스쳤다.

그가 방에 들어가자마자 문이 재빨리 닫히더니 빗장이

걸렸다. 그레고르는 뒤에서 나는 갑작스러운 소음에 깜짝 놀라 그만 다리가 꺾였다. 그처럼 서두른 사람은 여동생이었다. 그녀는 아까부터 일어나 기다리고 있다가 가볍게 튀어나왔기 때문에 그레고르는 여동생이 오는 소리를 전혀 듣지 못했다.

"됐어요!"

그녀는 열쇠를 자물통에 넣고 돌리며 부모님에게 외쳤다.

'이젠 어떡하나?'

그레고르는 자문하며 어둠 속에서 주위를 둘러보았다. 곧 그는 전혀 몸을 움직일 수 없다는 것을 알게 되었다. 그 사실이 이상하게 생각되지는 않았다. 이토록 가는 다리로 지금까지 움직일 수 있었다는 것이 오히려 부자연스럽게 느껴졌다. 한편 비교적 편안한 느낌이 들었다. 온몸이 아팠지만, 그 아픔마저 서서히 약해지다가 완전히 사라질 것 같았다. 등에 박혀 썩은 사과와 그 주변의 곪은 부분에 얇게 먼지가 덮여 있었는데, 거의 느낌이 없었다. 그는 가족들을 다시 감동과 사랑의 마음으로 돌이켜 생각했다. 자신이 사라져야 한다는 생각은 여동생보다 그가 더 확고히 가지고 있을 것이다. 이런 상태로 그는 시계탑의 종이 새벽 세 시를 칠 때까지 공허하고도 평화로운 생각에 잠겨 있었다. 창밖으로 날이 밝아오기 시작하는 것도 아직 느낄 수 있었다. 그런 후에 그의 머리가 저도 모르게 푹 수그러졌다. 그리고 콧구멍에서 마지막 숨이 약하게 새어 나왔다.

이른 아침에 파출부가 와서―제발 그러지 말라고 여러 번 말을 해도 무작스러운 힘으로 문을 쾅쾅 닫는 바람에 그녀가 오면 집 안 어디에서든 편안히 잠을 잘 수가 없었다―평소처럼 그레고르를 잠깐 들여다보았을 때 그녀는 처음에는 특별한 점을 발견하지 못했다. 그녀는 그가 일부러 꼼짝도 않고 누워 기분이 상한 척한다고 생각했다. 그녀는 그가 온갖 분별력을 가지고 있다고 믿었던 것이다. 마침 그녀는 긴 빗자루를 들고 있던 터라 문에 서서 그것으로 그레고르를 간질여보았다. 그러나 아무런 반응이 없자 화가 난 그녀는 그레고르를 살짝 찔러보았다. 그런데도 그레고르가 아무 저항도 없이 있던 자리에서 밀려나자 비로소 유심히 살펴보았다. 그녀는 곧 사태를 알아채고 눈을 휘둥그레 뜨고 휘파람을 휙 불었다. 그녀는 그 자리에 오래 서 있지 않고 잠자 부부의 침실 문을 열어젖히더니 어둠 속을 향해 큰 소리로 외쳤다.

"와서 보세요, 그것이 뒈졌어요. 저기 자빠져 있어요. 완전히 뒈졌다고요!"

잠자 부부는 침대에 똑바로 앉아 파출부가 무슨 말을 하는지 미처 알아차리기도 전에 우선 그녀로 인해 깜짝 놀란 가슴을 진정시켜야 했다. 그런 다음에 두 사람은 서둘러 침대에서 나왔다. 잠자 씨는 어깨에 이불을 걸치고 있었고, 잠자 부인은 잠옷 바람이었다. 그런 모습으로 두 사람은 그레고르의 방으로 들어갔다. 그 사이에 하숙인을 받은 이후로 그레테의 잠자리가 된 거실 문이 열렸다. 그녀는 마치 한숨도 자지 않은 것처럼 옷을 다 갖춰 입고 있었다. 얼굴도 잠을 자지 않았다는 것을 증명하듯 창백했다.

"죽었다고요?"

잠자 부인은 파출부에게 묻는 듯 쳐다보았다. 그러나 그것은 직접 알아볼 수도 있고, 또 굳이 알아보지 않아도 알 수 있는 일이었다. "제 생각엔 그런 것 같아요"라고 파출부는 말하며 그레고르의 시체를 빗자루로 저만치 옆으로 밀어 보였다. 잠자 부인은 빗자루를 막으려는 듯 움직였지만 실제로 그러지는 않았다.

"그럼."

잠자 씨가 입을 열었다.

"이제 하느님께 감사를 드려야겠군."

그가 성호를 긋자 세 여자가 따라했다. 시체에서 눈길

을 떼지 않은 그레테가 말했다.

"보세요. 너무 말랐어요. 그는 이미 오래전부터 아무 것도 먹지 않았어요. 음식을 들여보내면 그대로 되나오 곤 했죠."

실제로 그레고르의 몸은 완전히 납작하고 바싹 말라붙 어 있었다. 사람들은 이제야 그 사실을 알 수 있었는데, 그가 이제는 다리로 몸을 지탱하고 있는 상태가 아니라 서 그 외에 어떤 것도 시선을 돌리게 하는 것이 없었기 때문이다.

"그레테, 잠깐 우리에게로 오너라."

잠자 부인이 슬픈 미소를 지으며 말했고, 그레테는 시 체를 돌아보지 않고 부모님을 따라 침실로 들어갔다. 파 출부는 문을 닫고 창문을 활짝 열었다. 이른 아침이었지 만 신선한 공기 속에 따스한 기운이 감돌았다. 벌써 삼월 말이었다.

세 하숙인이 자기들 방에서 나와 어리둥절해하며 아침 식사를 찾았다. 모두가 그들을 잊고 있었던 것이다.

"아침 식사는 어디 있습니까?"

가운데 신사가 투덜거리며 파출부에게 물었다. 그러자 파출부는 말없이 입에 손가락을 대고 얼른 그레고르의 방으로 들어가 보라는 눈치를 보냈다. 그들도 방으로 들어갔다. 약간 낡은 상의 주머니에 손을 찔러 넣은 채 그들은 이미 완전히 밝아진 방에서 그레고르의 시체 주위에 둘러섰다.

그때 침실 문이 열리고 제복을 입은 잠자 씨가 한쪽 팔에는 부인을, 다른 한쪽 팔에는 딸을 끼고 나타났다. 모두들 좀 울고 난 모습이었다. 그레테는 이따금 아버지의 팔에 얼굴을 묻었다.

"당장 내 집에서 나가시오!"

잠자 씨는 여자들을 떼놓지 않은 채 문을 가리키며 말했다.

"무슨 말씀입니까?"

가운데 남자가 좀 당황한 듯 슬며시 미소를 지으며 물었다. 다른 두 남자는 등 뒤로 쉴 새 없이 손을 비벼댔다. 마치 자기들에게 유리하게 끝날 것이 틀림없는 한바탕 싸움을 신이 나서 고대하고 있는 것 같았다.

"내가 말한 대로요."

잠자 씨는 대답하더니 두 명의 여자와 나란히 하숙인에게로 다가갔다. 그 남자는 처음에는 말없이 자리에 서 있더니, 마치 사건을 머릿속에서 새로이 정리하려는 듯 바닥을 내려다보았다.

"그러시다면 나가겠습니다."

그는 갑작스럽게 겸손에 사로잡히기라도 한 듯이 자신이 내린 결정을 재차 승낙받으려는 양 잠자 씨를 쳐다보았다. 잠자 씨는 눈을 부릅뜨고 짧게 고개를 몇 번 끄덕였다. 그러자 그 남자는 즉시 성큼성큼 현관으로 걸어갔다. 그의 두 친구는 아까부터 손을 가만히 둔 채 듣고 있더니 얼른 그의 뒤를 따라갔다. 마치 잠자 씨가 자기들보다 먼저 현관으로 가 대장과의 관계를 끊어놓을까 두려워하기라도 하는 듯한 모습이었다. 현관에서 세 사람 모두 옷장에서 모자를 들고, 지팡이 통에서 지팡이를 꺼내 말없이 절을 하고 집을 떠났다. 전혀 근거가 없는 불신감으로 곧 밝혀지긴 했지만, 잠자 씨는 혹시나 하는 생각으로 두 여자를 데리고 층계참으로 나가 난간에 몸을 기댄 채 세 남자가 느리긴 하지만 멈추지 않고 긴 층계를 내려가는 모습을 지켜보았다. 그들은 계단이 휘어지는 곳마다 사라졌다가는 곧 다시 모습을 보였다. 그들이 아래로 내려갈수록 그들에 대한 잠자 가족의 관심도 점점 사라져갔다. 밑에서 정육점 점원이 머리에 짐을 이고 당당한 태도로 올라오고 있었다. 잠자 씨와 여자들은 층계참을 떠나, 가벼워진 마음으로 집 안으로 돌아왔다.

그들은 오늘 하루를 푹 쉬며 산책을 나가기로 결정했다. 이렇게 일을 쉬는 데는 그만한 이유가 있을 뿐만 아니라, 절대적으로 필요한 일이기도 했다. 그래서 모두들 식탁에 앉아 세 통의 결근 사유서를 썼다. 잠자 씨는 관리부에, 잠자 부인은 일거리를 준 사람에게, 그레테는 상점 주인에게. 글을 쓰는 동안 파출부가 들어와 아침 일을 끝냈으니 가겠다고 말했다. 사유서를 쓰던 세 사람은 처음에는 쳐다보지도 않고 고개만 끄덕였는데, 파출부가 여전히 가지 않고 있자 그제야 언짢은 듯 쳐다보았다.

"뭐요?"

잠자 씨가 물었다. 파출부는 가족들에게 커다란 행복을 전해줄 게 있는데, 적극적으로 물어봐야만 알려주겠다는 듯 빙긋이 웃으며 문에 서 있었다. 그녀의 모자에 빳빳하게 서 있는 작은 타조 깃털이 가볍게 이리저리 흔들렸다. 잠자 씨는 그녀가 일하는 내내 그 깃털이 거슬렸다.

"대체 무슨 일이죠?"

파출부가 그래도 식구 중에 가장 존경하는 잠자 부인이 물었다. 파출부는 "예" 하고 대답하고는 친절한 웃음을 보이느라 즉시 말을 잇지 못했다.

"그러니까 옆방에 있는 그걸 처리하는 일은 걱정하지 않으셔도 된다고요. 벌써 치웠거든요."

잠자 부인과 그레테는 계속 글을 쓰려는 듯이 편지 위로 몸을 숙였다. 파출부가 자세하게 설명하려는 것을 눈치 챈 잠자 씨는 손을 죽 뻗어 단호하게 거절했다. 이야기를 늘어놓지 못하게 되자 그녀는 문득 자기가 바쁘다는 것을 기억해내고는 상한 기분을 드러내며 외쳤다.

"다들 안녕히 계세요."

그녀는 휙 돌아서더니 문을 쾅 닫고 집을 떠났다.

"저녁에 해고해야겠군."

잠자 씨가 말했지만 아내도 딸도 대답하지 않았다. 그들은 어쩌다 얻은 평온을 파출부가 다시 방해한 것 같은 기분이 들었기 때문이다. 두 사람은 일어나 창가로 가서 서로 껴안은 채 그 자리에 서 있었다. 잠자 씨는 안락의자에 앉아 그들 쪽으로 몸을 돌리고 한동안 말없이 그들을 지켜보았다. 그러더니 외쳤다.

"자, 이리들 오지그래. 지난 일은 그만 잊어버려. 그리고 내 생각도 좀 해줘야지."

여자들은 당장 그 말에 따라 얼른 그에게로 와 그를 안아주고는 서둘러 편지를 마쳤다.

그런 후에 세 사람은 같이 집을 나섰다. 몇 달 만의 일이었다. 그들은 전차를 타고 교외로 나갔다. 그들만 앉은 전차에 따스한 햇살이 들어오고 있었다. 그들은 편안히 뒤로 기대어 앉아 앞으로의 전망에 대해 얘기했다. 잘 생각해보니 그리 암담할 것도 없었다. 지금까지는 서로 자세히 물어본 적이 없는 세 사람의 직장이 제법 괜찮은 곳인 데다 특히 훗날이 유망했기 때문이다. 상황을 당장 개선하는 데는 물론 이사를 하는 것으로 간단하게 해결될 것이다. 이제 그들은 그레고르가 구했던 지금의 집보다 좀 더 작고 싸면서도 좋은 위치에 있는 실용적인 집을 구할 작정이었다. 그런 이야기를 나누는 동안 잠자 씨 부부는 점점 더 생기를 띠어가는 딸에게 거의 동시에 눈길을 주었다. 딸은 최근에 뺨이 창백해지도록 많은 고생을 했음에도 불구하고 아름답고 풍만한 처녀로 꽃피고 있었다. 부부는 점차 말수를 줄이고 거의 무의식중에 시선을 나누며 이제 딸을 위해 좋은 남자를 구할 때가 온 것 같다고 생각했다. 목적지에 도착해 제일 먼저 일어난 딸이 젊은 육체를 쭉 늘이고 기지개를 펴는 모습이 그들에게는 새로운 꿈과 훌륭한 계획에 대한 확신처럼 보였다.

2
선고

Das Urteil

Das Urteil

펠리체 바우어에게 바침

아름다운 봄날의 일요일 오전이었다. 젊은 상인 게오르크 벤데만은 허술하게 지어진 나지막한 집 이 층의 자기 방에 앉아 있었다. 높이와 색깔만 조금씩 다를 뿐인 집들이 강을 따라 한 줄로 쭉 늘어서 있었다. 그는 외국에 있는 어린 시절의 친구에게 보내는 편지를 막 쓰고, 장난하듯이 천천히 봉투를 봉했다. 그런 다음에 팔꿈치를 책상에 괴고 창문 너머 강과 다리와 건너편 강가에 푸르스름한 빛으로 덮인 언덕을 바라보았다.

그는 이 친구가 고향에서의 출세에 만족하지 못하고 몇 년 전에 러시아로 단호하게 도망친 일에 대해 곰곰이 생각했다. 그 친구는 지금 페테르부르크에서 사업을 하고 있었다. 그가 점점 뜸하게 고향을 방문하면서 탄식했던 바와 같이, 처음에는 아주 잘되던 사업이 이미 오래전부터 힘들어진 것 같았다. 그러니까 친구는 낯선 곳에서 하는 헛된 일에 지쳐 있는 것이다. 어린 시절부터 익숙한 그의 얼굴을 엉망으로 뒤덮어버린 이상한 모양의 수염도 병이 깊어가는 징후처럼 보이는 누렇게 뜬 낯빛을 가려주지 못했다. 그 스스로 얘기한 것처럼 그곳의 교민들과는 거의 교류가 없고 또한 고향의 친지들과도 사교적인 관계가 거의 없던 그는 영구적인 독신 생활에 적응해가고 있었다.

곤경에 처해 있는 것이 분명하니 동정은 가지만 그렇다고 도울 방법도 없는 사람에게 무슨 말을 써서 보내겠는가. 그에게 다시 고향으로 돌아와 생활 터전을 이리로 옮기고 예전의 친구 관계를 다시 받아들여ー물론 방해될 것은 아무것도 없다ー친구들의 도움을 믿어보라고 충고해야 할까? 그러나 그런 충고는, 사람을 배려할수록 더욱 상처를 주게 되는 것처럼, 지금까지의 일이 실패로 돌아갔으니 이제는 일을 접고 돌아와 영원한 귀향자가 되어 사람들이 의아해하며 눈을 둥그렇게 뜨고 쳐다보는 걸 견디라는 말이나 마찬가지다. 그리고 친구들은 어느

정도 이해할 것이니 고향에서 성공을 거둔 친구들을 무조건 따라야 하는 나이 든 철부지로 살라는 것과 다름없다. 게다가 그에게 안겨질 온갖 고통이 무슨 의미라도 가질 수 있을까? 어쩌면 그를 고향으로 불러들이는 일은 전혀 불가능할지도 모른다―그가 스스로 이제는 고향의 실정을 모르겠다고 하지 않았던가―그러니 어려운 처지에도 불구하고 낯선 곳에 머무르고 있는 그에게 이런저런 조언을 하는 것은 마음만 상하게 하고 친구들로부터도 한층 더 멀어지게 만들 것이다. 만일 그가 정말로 조언을 받아들여 여기로 온다 해도―물론 고의가 아니라 현실의 상황에 의해―의기소침해져 친구들과 어울리지도 못하고, 그들 없이는 자리도 잡지 못해 수치심에 시달리게 된다면 정작 고향도 친구도 잃고 마는 것이다. 그러느니 차라리 지금처럼 낯선 곳에 머무는 편이 그에게 더 나은 일이 아닐까? 이런 상황에 그가 고향에 온다고 실제로 발전할 것이라 생각할 수 있을까?

이런 이유로 인해 아무리 편지로 연락을 주고 싶다 한들, 그는 먼 친척에게도 거리낌 없이 말할 수 있는 소식조차 전할 수 없었다. 그 친구는 벌써 삼 년이 넘도록 고향에 오지 않으면서 러시아의 불안한 정치적 상황 때문에 어쩔 수 없다고 아주 궁색하게 변명했다. 상황이 불안해 일개 사업가조차 잠시도 자리를 뜰 수가 없다는 것이었다. 수천 명의 러시아인이 세계를 유유히 돌아다니고 있는데도 말이다. 이삼 년 동안 게오르크에게는 많은 변화가 있었다. 약 이 년 전 어머니가 느닷없이 돌아가신 후로 게오르크는 늙은 아버지와 같이 살림을 꾸리고 있었다. 그 일이 친구에게도 전해져 그는 편지에 건조한 어조로 조의를 표했는데, 아마 낯선 곳에서는 그런 일에 대한 슬픔이 상상이 가지 않기 때문인 것 같았다. 어쨌든 그 후로 게오르크는 다른 일과 마찬가지로 확고한 결단력을 가지고 자기 사업을 밀어붙였다. 어머니가 살아 계시는 동안에는 아버지가 자신의 관점만 옳다고 고집했기 때문에 그것이 그의 독자적인 활동을 방해했는지도 모른다. 아버지는 어머니가 돌아가신 후 여전히 사업에 관여하고 있지만 한발 뒤로 물러서신 것 같았다. 어쩌면 다행스러운 우연이─아마도 그것이 더 크게 작용했을 것이다─더 중요한 역할을 한 것일 수도 있다. 어쨌든 사업은 이 년 사이에 기대를 넘어설 만큼 크게 번창해 직원도 두 배로 늘려야 했고, 매출은 다섯 배로 뛰었다. 사업의 지속적인 성장은 의심할 여지가 없었다.

그러나 친구는 이런 변화에 대해서는 전혀 모르고 있었다. 예전에, 아마 조의를 표한 편지에서인가 그는 게오르크에게 러시아로 이주하라고 설득하며, 페테르부르크에 게오르크가 분점을 개설할 경우의 전망에 대해 조목조목 자세히 설명한 적이 있었다. 이윤의 수치는 게오르크가 현재 벌어들이고 있는 규모에 비하면 턱없이 미미했다. 그러나 게오르크는 자신의 사업적 성공에 대해 친구에게 편지로 알릴 생각이 없었다. 만일 이제 와서 뒤늦게 그런 짓을 한다면 정말로 이상하게 보일 것이다.

그래서 게오르크는 친구에게 한가로운 일요일에 생각에 잠길 때 두서없이 떠오르는 기억과 같은 대수롭지 않은 일만 써 보내는 것으로 그쳤다. 그는 친구가 오랫동안 간직해왔을 고향에 대한 좋은 기억을 해칠 생각이 없었다. 그러다 보니 게오르크는 자기와 별 상관없는 남자가 역시 별 상관없는 여자와 약혼한 일을 제법 오랜 간격을 두고 세 번이나 편지에 쓰게 됐고, 친구는 게오르크의 의도와는 달리 그 일에 꽤 관심을 보이기도 했다.

게오르크는 바로 자신이 한 달 전에 좋은 집안의 처녀 프리다 브란덴펠트와 약혼했다는 사실을 고백하기보다는 그런 식의 내용을 적어 보내는 것이 더 좋았다. 그는 종종 약혼녀에게 친구에 대해 말했고, 그 친구와 특별한 편지를 주고받고 있다고도 얘기했다.

"그러면 그 친구는 우리 결혼식에 오지 않겠군요."

그녀가 말했다.

"하지만 난 당신 친구들을 전부 알 권리가 있어요."

"난 그를 방해하고 싶지 않아요."

게오르크가 대답했다.

"내 말을 제대로 이해해줘요. 아마 그는 결혼식에 올 거예요. 적어도 나는 그렇게 생각해. 하지만 그는 강요와 모욕을 당했다고 느낄지도 몰라요. 어쩌면 나를 부러워하고 불만스러워하면서 자신의 불만을 삭이지도 못한 채 혼자 다시 돌아가겠지. 혼자서. 당신, 그게 무슨 뜻인지 알아요?"

"알겠어요. 하지만 그가 다른 경로로 우리의 결혼 소식을 전해 듣지는 않을까요?"

"물론 내가 그 일을 막을 수는 없겠지만, 그가 사는 방식으로 보면 그렇지는 않을 거예요."

"게오르크, 당신이 그런 친구를 뒀다면 차라리 약혼을 하지 말았어야 했어요."

"그래, 그건 우리 둘의 잘못이에요. 하지만 난 지금도 달리 어떻게 해볼 생각은 없어요."

그녀는 그의 키스를 받고 숨을 몰아쉬며 말했다.

"하지만 사실 기분이 나빠요."

그러고 보면 친구에게 모든 이야기를 써 보내는 것도

그리 큰 문제가 될 것 같지는 않다는 생각이 들었다.

"내가 이런 사람이니까 그도 나를 있는 그대로 받아들이겠지."

그는 혼잣말을 했다.

"그와의 우정을 나누는 데 있어 지금의 나보다 더 적합한 사람을 내 안에서 만들어낼 수는 없는 일이야."

그는 실제로 일요일 오전에 쓴 긴 편지에서 다음과 같은 말로 친구에게 약혼한 사실을 알렸다.

가장 좋은 소식을 마지막까지 남겨두었지. 나는 유복한 가정의 딸 프리다 브란덴펠트와 약혼을 했어. 그 가족은 네가 떠난 후 한참 뒤에 이사를 왔으니 너는 잘 모를 거야. 내 약혼녀에 대해 더 자세히 얘기할 기회가 있겠지. 오늘은 내가 정말로 행복하다는 것, 그리고 우리의 관계에 약간의 변화가 생겨 네가 지극히 평범한 친구 대신 행복한 친구를 가지게 되었다는 것 정도만 말할게. 그 외에도 내 약혼녀가 너에게 진심 어린 안부를 전했어. 다음번엔 내 약혼녀가 너에게 직접 편지를 쓸 텐데, 독신 남자에게 있어서 전혀 무의미하지 않은 허물없는 여자 친구가 되어줄 거다. 여러 가지 바쁜 일로 우리를 방문하는 것이 어렵겠지만 내 결혼식이야말로 온갖 장

애를 물리치고 이곳으로 올 좋은 기회가 아닐까? 아무튼 일이 어찌 되든 나는 상관 말고 너 좋을 대로 하기 바란다.

게오르크는 이 편지를 들고 얼굴을 창 쪽으로 향한 채 오랫동안 책상에 앉아 있었다. 아는 사람이 골목을 지나가며 그에게 인사를 보냈지만 그는 건성으로 미소를 지을 뿐이었다.

마침내 그는 편지를 주머니 속에 집어넣고 방을 나와 작은 복도를 가로질러 아버지의 방으로 들어갔다. 그 방에는 벌써 몇 달 전부터 들어간 적이 없었다. 사실 그럴 필요도 없었던 것이, 가게에서 늘 아버지와 만났기 때문이다. 그들은 식당에서 같이 점심 식사를 하고, 저녁에는 각자 하고 싶은 일을 하며 시간을 보냈다. 게오르크가 친구들과 같이 있거나 약혼녀를 찾아가거나 하는 일이 잦긴 하지만 그러지 않을 때면 두 사람은 대부분 같이 거실에 앉아 따로 신문을 읽곤 했다.

게오르크는 햇빛이 쏟아지는 오전인데도 아버지의 방이 이토록 어두운 것에 놀랐다. 좁은 마당 저편에 높이 솟은 담이 그림자를 드리우고 있었다. 아버지는 돌아가신 어머니의 여러 가지 유품으로 꾸며진 구석의 창가에

앉아 신문을 읽고 있었다. 약한 시력에 어떻게든 맞추어 보려고 눈앞에 신문을 비스듬히 들고 있었다. 탁자에는 먹다 남은 아침 식사가 있었는데 그다지 많이 드신 것 같지 않았다.

"오, 게오르크구나!"

아버지는 말하며 곧 그를 맞이했다. 아버지가 걸을 때 묵직한 잠옷이 펼쳐져 옷자락이 그의 주위에 펄럭였다. '아버지는 여전히 거인이시구나'라며 게오르크는 속으로 중얼거렸다.

"방이 너무 어둡군요."

그가 말했다.

"그래, 어둡긴 어둡지."

아버지가 대답했다.

"창문을 닫아놓으셨어요?"

"난 닫아놓는 게 더 좋다."

"밖은 날씨가 아주 포근해요."

게오르크는 좀 전의 얘기에 열중하듯이 덧붙여 말하며 앉았다.

아버지는 탁자에서 아침 식사 접시를 들어내 상자 위에 올려놓았다.

"말씀을 드리고 싶어서요."

게오르크는 나이 든 아버지의 움직임을 멍하니 바라보며 말을 이었다.

"이제 페테르부르크에 제 약혼 사실을 알리려고요."

그는 주머니에서 편지를 조금 꺼냈다가 다시 집어넣었다.

"왜 페테르부르크냐?"

아버지가 물었다.

"제 친구가 거기 있거든요."

게오르크는 말하며 아버지의 눈치를 살폈다.

'아버지는 가게에서와는 완전히 딴판이야.'

그는 생각했다.

'여기서는 자리에 떡 버티고 앉아 팔짱을 끼고 계시는구나.'

"그래, 네 친구."

아버지가 힘주어 말했다.

"아버지도 아시죠, 처음에는 제가 그 친구에게 약혼 사실을 숨기려 했다는 것을요. 배려하자는 뜻이었지 다른 이유는 없었어요. 그 친구가 까다롭다는 걸 아버지도 아시잖아요. 그의 고독한 생활 방식으로 볼 때, 그럴 가능성은 적겠지만, 그가 다른 경로로 제 약혼 소식을 들을 수도 있다고 생각했어요—제가 그걸 막을 수는 없지요—

하지만 저 스스로는 알리지 않으려 했어요."

"그런데 지금은 생각을 달리하게 되었다는 말이냐?"

아버지는 물으며 커다란 신문을 창턱에 놓고, 신문 위에 안경을 놓은 뒤 손으로 가렸다.

"예, 지금 다시 생각해보았어요. 그가 좋은 친구라면 저의 행복한 약혼이 그에게도 기쁜 일일 거라고 생각해요. 그래서 그에게 알리는 것을 이제는 망설이지 않으려고요. 하지만 편지를 보내기 전에 아버지에게 말씀드리고 싶었어요."

"게오르크."

아버지는 말하며 이가 빠진 입을 크게 벌렸다.

"들어봐라! 너는 이 일을 가지고 나에게 조언을 구하러 왔다. 칭찬받아 마땅한 일이지. 그러나 네가 진실을 전부 말하지 않는다면 그건 아무것도 아니란다. 오히려 더 옳지 못한 일이지. 나는 이 일에 관여되지 않은 것은 건드리지 않을 거란다. 네 소중한 어머니가 세상을 떠난 후로 분명 좋지 않은 일이 일어났다. 혹시 그런 일에 대해 얘기할 때가 오겠지. 어쩌면 우리가 생각하는 것보다 더 빨리 올지도 모르겠구나. 가게에서는 내가 모르는 일이 있는데, 내게 숨기지는 않겠지—지금 나에게 숨기는 게 있다고 가정할 생각은 없다마는—나는 이제 기력도 충분치 않고, 기억은 흐릿해지고, 그 많은 일에 일일이 눈을 돌릴 수도 없구나. 그 이유는 첫째로 세월의 흐름 때문이고, 둘째로는 네 어머니의 죽음이 너에게보다 나에게 훨씬 더 큰 충격을 주었기 때문이야─어쨌든 지금은 우리가 이 편지에 대한 일만 가지고 얘기하고 있으니, 게오르크, 제발 부탁한다. 나를 속이지 마라. 아주 사소한 일 아니냐. 티클 만큼의 가치도 없는 것이니 나를 속이지 마라. 정말로 페테르부르크에 친구가 있느냐?"

게오르크는 당황해서 일어났다.

"제 친구 이야기는 그만두지요. 수천 명의 친구가 있다 한들 그들이 아버지를 대신할 수는 없어요. 제가 무슨 생각 하는지 아세요? 아버지는 몸을 돌보지 않고 계세요. 하지만 나이를 무시할 수는 없잖아요. 아버지도 잘 아시듯이 상점은 아버지가 안 계시면 안 돼요. 하지만 그 일이 아버지의 건강을 해친다면 내일 당장 상점을 영원히 닫아버리겠어요. 이래선 안 돼요. 아버지를 위해 다른 생활 방식을 택해야겠어요. 근본적으로 말이에요. 아버지는 여기 어둠 속에 앉아 계시지만 거실은 아주 밝아요. 아침 식사도 많이 드시지 않고 겨우 입만 대시죠. 아버지는 창문을 닫아놓고 앉아 계시는데, 바깥 공기를 쐬면 좋아지실 거예요. 안되겠어요, 아버지! 의사를 부르겠어요.

의사의 지시대로 따르도록 해요. 우리, 방을 바꿔요. 아버지는 앞쪽 방으로 옮기시고 제가 이리로 올게요. 아버지에게는 조금도 변화가 없을 거예요. 모든 것을 그대로 옮길 테니까요. 하지만 다 때가 있으니 그 일은 나중에 하고, 지금은 침대에 가서 좀 누우세요. 아버지는 안정이 절대적으로 필요하세요. 어서요. 옷 벗는 걸 도와드릴게요. 제가 할 수 있다는 것을 아시게 될 거예요. 아니면 지금 바로 앞방으로 가서서 잠시 제 침대에 누워 계세요. 아무래도 그러는 게 제일 좋을 것 같네요."

게오르크는 아버지에게 바짝 다가섰다. 아버지는 백발이 흐트러진 머리를 가슴에 파묻고 있었다.

"게오르크."

아버지는 꼼짝도 않고 나지막하게 말했다.

게오르크는 즉시 아버지 옆에 무릎을 꿇었다. 그는 지친 아버지의 얼굴에서 동공이 무지하게 커진 눈이 자기를 똑바로 향하고 있는 것을 보았다.

"너는 페테르부르크에 친구가 없어. 너는 항상 농담을 해대더니 나에게까지 서슴지 않는구나. 대체 어떻게 그곳에 친구가 있단 말이냐! 나는 절대로 믿을 수가 없다."

"잘 생각해보세요, 아버지."

게오르크는 말하며 안락의자에 앉은 아버지를 일으켰

다. 그는 무척이나 힘없이 서 있는 아버지의 가운을 벗겼다.

"제 친구가 우리를 방문한 것이 벌써 삼 년이 다 되어가요. 아버지가 그를 그다지 좋지 않게 대했던 것이 기억나네요. 적어도 두 번은 친구가 제 방에 있었는데도 아버지에게 없다고 했지요. 저는 아버지가 그를 싫어하는 이유를 이해할 수 있었어요. 그 친구는 성격이 특이했으니까요. 하지만 아버지는 나중에 그와 이야기를 잘 나누셨어요. 당시에 아버지가 그의 말을 귀담아들으며 고개를 끄덕이고 질문을 하시는 것을 보고 기분이 참 좋았어요. 잘 생각해보면 기억이 나실 거예요. 당시 그는 러시아혁명에 대해 믿기 어려운 이야기를 해주었잖아요. 예를 들면 그가 사업차 키예프에 갔을 때 폭동이 일어났는데 성직자가 발코니에 서서 손바닥을 칼로 크게 긋고는 피의 십자가를 새겨 군중에게 그 손을 들고 간청하는 것을 봤다고요. 아버지도 가끔 이 얘길 되풀이하셨잖아요."

그러면서 게오르크는 아버지를 다시 앉히고, 리넨 팬티 위에 입은 트리코 바지와 양말을 조심스럽게 벗길 수 있었다. 그다지 깨끗하지 않은 속옷을 본 게오르크는 아버지를 소홀히 했다는 생각이 들어 스스로를 책망했다. 아버지가 속옷을 갈아입는 일을 살펴드리는 것도 분명 자신의 의무일 터였다. 그는 약혼녀에게 아버지의 미래를 어떻게 할 것인가에 대해 아직 말을 꺼내본 적이 없었다. 그들은 아버지가 혼자서 옛날 집에 사실 것이라고 무언중에 예상하고 있었던 것이다. 하지만 그는 지금 단호히 아버지를 장래의 새 가정에 모셔야겠다고 굳게 결심했다. 자세히 살펴보니 그곳에서 아버지를 보살피는 것도 너무 늦은 일이 될 것만 같았다.

게오르크는 아버지를 팔로 안아서 침대로 갔다. 침대로 몇 걸음 걸어가는 동안 아버지가 자신의 가슴께에서 시곗줄을 가지고 노는 것을 알아차리는 순간 그는 끔찍한 기분이 들었다. 아버지가 어찌나 시곗줄을 꽉 붙들고 있는지 그는 아버지를 곧장 침대에 눕힐 수가 없었다.

그러나 아버지가 침대에 누우니 모든 게 괜찮은 것 같았다. 아버지는 스스로 이불을 어깨 위까지 끌어당겼다. 아버지는 게오르크를 싫지 않은 눈으로 올려다보았다.

"벌써 그 친구 생각이 나시죠, 그렇죠?"

게오르크는 묻고 나서 활기를 북돋우려 고개를 끄덕였다.

"지금 이불이 잘 덮여 있느냐?"

아버지는 발이 잘 덮였는지 살펴볼 수 없다는 듯이 물었다.

"침대에 누우시니 벌써 편안하신가 봐요."

게오르크는 이불을 더 잘 덮어주었다.

"이불이 잘 덮여 있어?"

아버지는 또 묻고 나서 대답에 유별나게 신경을 쓰는 것 같았다.

"진정하세요. 잘 덮였어요."

"아니야!"

아버지는 대답을 불쾌히 여겨 버럭 소리를 지르며 이불을 냅다 던져버렸다. 이불은 단번에 날아가면서 활짝 펼쳐졌다. 아버지는 침대에서 꼿꼿하게 일어섰다. 그리고 한쪽 손을 가볍게 천장에 댔다.

"넌 날 잘 덮어주려고 했지. 나도 안다, 이놈아. 하지만 나는 아직 덮이지 않았어. 그리고 이게 마지막 힘이지만 너에게 쓰기에는 충분해. 오히려 넘칠 정도로 많지. 나는 네 친구를 잘 알고 있다. 그 애는 내 마음속의 아들이나 마찬가지야. 그 때문에 너는 친구를 수년이나 계속 속여온 거야. 그게 아니면 왜 그랬겠느냐? 내가 그를 위해 울지 않았다고 생각하는 게냐? 그 이유로 넌 사무실에 처박혀 있는 거지. 사장이 바쁘니 아무도 방해하지 말라면서―사실은 러시아에 거짓 편지를 쓰기 위해 그런 거야. 하지만 다행스럽게도 아버지가 아들을 훤히 꿰뚫어 볼 수 있도록 누가 가르쳐줄 필요는 없지. 너는 지금 그를 정복했다고 생각하지? 엉덩이로 그를 깔아뭉갤 정도로 말이야. 그는 꼼짝도 하지 않고 있거든. 그때 내 잘난 아드님은 결혼을 결심하셨지!"

게오르크는 아버지의 소름끼치는 모습을 올려다보았다. 아버지가 갑자기 그토록 잘 안다고 하는 페테르부르크의 친구가 전에 없이 그를 사로잡았다. 망망한 러시아에서 절망에 빠진 그가 보였다. 약탈당해 텅 빈 상점 문 앞에 있는 그의 모습이 보였다. 파괴된 선반과 부서진 물건들, 떨어진 가스등의 갓 사이에 그는 그대로 서 있었다. 그는 왜 그토록 멀리 떠나야만 했던가!

"나를 똑바로 봐!"

아버지가 버럭 소리를 질렀다. 게오르크는 모든 것을 알아보기 위해 거의 혼이 나간 채 침대로 뛰어갔다. 그러나 가던 도중에 멈춰 섰다.

"그년이 치마를 이렇게 들어 올렸기 때문이지."

아버지는 빈정거리는 투로 말하기 시작했다.

"꼴 보기 싫은 멍청한 년, 그것이 치마를 이렇게 들어 올렸기 때문에."

아버지는 그 모양을 흉내 내느라 셔츠를 훌쩍 들어 올렸고, 그 바람에 전쟁 때 입은 허벅지의 상처가 보였다.

"그년이 치마를 요렇게, 요렇게, 요렇게 추켜올려서 너는 그년에게 달라붙은 거야. 그리고 조금도 방해받지 않고 그년에게서 욕구를 채우려고 네 어머니에 대한 기억도 해치고, 친구를 배반하고, 아버지를 꼼짝도 못 하게 침대에 처박아두었지. 하지만 아버지가 어디 움직일 수 있느냐 없느냐?"

아버지는 완전히 서서 다리를 쭉 뻗었다. 그리고 훤히 다 안다는 듯 즐거운 기색을 보이며 의기양양했다.

게오르크는 최대한 아버지와 멀리 떨어져 한구석에 서 있었다. 한참 전에 그는 모든 것을 자세히 관찰해야겠다고 결심한 터였다. 둘러 가는 길에서나, 뒤에서, 위에서, 어떤 식으로든 기습을 당하지 않기 위해서였다. 지금에야 그는 벌써 까맣고 잊고 있던 결심을 다시 생각해냈다. 그리고 짧은 실을 바늘귀에 꿰어 휙 잡아 빼는 것처럼 금방 그것을 또 잊어버렸다.

"그래도 친구는 배반당하지 않았어!"

아버지가 소리쳤다. 그리고 검지를 까딱거리며 그 말을 강조했다.

"나는 여기 이곳에 친구의 대리인으로 있었거든."

"희극배우이시군요!"

게오르크는 외치지 않을 수 없었다. 그는 즉시 실수했

다는 것을 깨닫고—눈을 동그랗게 뜨고—혀를 꽉 깨물었
는데, 너무 아파 몸이 절로 구부러질 정도였지만 이미 늦
은 뒤였다.

"그래, 내가 물론 희극을 연기했다! 희극이라! 좋은 말
이야! 늙은 홀아비인 아버지에게 달리 무슨 위안거리가
있겠느냐? 말해봐라—대답하는 순간만큼이라도 진정한
내 아들이 되어다오—믿지 못할 직원들에게 시달려 뼛속
까지 다 늙어버리고 뒷방에 앉아 있는 내게 남은 게 뭐가
있어? 그런데 내 아들은 환호성을 지르며 세상을 나다니
고, 내가 벌여놓은 가게 문을 다 닫아버리고 즐거워 펄펄
날뛰다가 자기 아버지 앞에서는 진지한 사람의 얼굴로
정색을 하다니! 내가 널 사랑하지 않았다고 생각하는 게
냐, 너를 낳은 내가?"

'아버지는 이제 앞으로 몸을 구부릴 거야.'

게오르크는 생각했다.

'저대로 넘어져 박살이 난다면!'

이 말이 그의 뇌리를 스치고 지나갔다.

아버지는 앞으로 몸을 구부렸지만 넘어지지는 않았다.
짐작과는 달리 게오르크가 다가가지 않자 아버지는 몸을
다시 일으켰다.

"그 자리에 가만히 있어라. 난 네가 필요 없다! 너는 여

기까지 올 힘은 있지만 오고 싶지 않으니까 멈칫거리고 있다고 생각하겠지. 착각하지 마라! 아직은 내가 훨씬 더 강해. 나 혼자라면 혹시 물러서야 했을지 모르지만 네 어머니가 나에게 힘을 주었거든. 네 친구와 난 아주 강하게 결속되어 있어. 네 고객 명단도 여기 내 주머니 속에 들어 있다!"

"내의 속에도 주머니가 있구나!"

게오르크는 중얼거렸다. 그리고 그는 자신이 이런 말을 함으로써 아버지를 온 세상에서 가당치 않은 사람으로 만들지도 모른다는 생각을 했다. 그러나 그가 그런 생각을 한 것은 아주 잠시 동안이었다. 줄곧 모든 것을 잊어버렸기 때문이다.

"네 신부를 끼고 내 앞에 나타나기만 해봐라! 그년을 네게서 싹 쫓아내 버릴 테니. 어떻게 하는지 두고 봐!"

게오르크는 믿을 수 없다는 듯 얼굴을 찡그렸다. 아버지는 자기가 한 말이 진심이라는 것을 맹세라도 하듯이 게오르크가 있는 구석을 쳐다보며 고개를 끄덕였다.

"네가 오늘 나에게 와서 친구에게 약혼에 대해 편지를 써 보낼까 하고 물었을 때 얼마나 재미있었는지 몰라. 이 멍청한 녀석아, 그는 다 알고 있어. 다 알고 있다고! 내가 그에게 편지를 써 보냈다. 네가 내게서 필기구를 빼앗는 것을 잊어버렸기 때문이지. 그래서 그는 몇 년 전부터 오지 않는 거다. 너보다 백 배는 더 잘 알고 있거든. 그는 네 편지는 읽지도 않고 왼손으로 확 구겨 쥐는 반면에 오른손에는 내 편지를 들고 읽어본단 말이야!"

아버지는 신이 나서 팔을 머리 위로 휘둘렀다.

"그는 모든 걸 천 배나 더 잘 알고 있어!"

아버지가 외쳤다.

"만 배겠죠!"

게오르크는 아버지를 비웃기 위해 말했다. 그러나 그 말은 그의 입에서 너무나 무겁게 울려 나왔다.

"나는 몇 년 전부터 네가 언제 이 문제를 들고 나오나 지켜보며 고대하고 있었다! 뭐 다른 일로 근심하는 줄 알았느냐? 내가 신문을 읽고 있는 줄 알았겠지? 봐라!"

아버지는 침대 어딘가에 넣어두었던 신문을 게오르크에게 던졌다. 게오르크가 전혀 모르는 이름의 낡은 신문이었다.

"네가 어른이 되기까지 얼마나 오래 걸렸느냐! 네 어머니는 이렇게 기쁜 날도 겪지 못하고 세상을 떠나야 했지. 친구는 러시아에서 망해가고 있고. 그는 벌써 삼 년 전부터 내팽개쳐져 누렇게 떠 있다. 그리고 나는, 내 형편이 어떤지는 네가 봐서 잘 알 게다. 너도 눈이란 게 있으니까!"

"그러니까 아버지는 저를 엿보고 계셨던 거군요!"

게오르크가 외쳤다.

아버지는 측은해하며 덧붙였다.

"넌 진작에 그 말을 하고 싶었을 거야. 하지만 지금은 들어맞지 않는 얘기지."

그러고는 더 큰 소리로 외쳤다.

"이제 넌 너 이외에도 무엇이 존재하는지 알았을 게 다. 여태까지 넌 너 자신밖에는 몰랐어! 사실 넌 순진한 아이였지. 하지만 그보다 더 정확한 사실을 말하자면 넌 악마 같은 인간이었어!─그러니 알아둬라. 나는 지금 너 에게 물에 빠져 죽을 것을 선고한다!"

게오르크는 쫓기듯이 방을 나왔다. 그의 뒤에서 아버 지가 침대에 쓰러지는 소리가 들렸다. 그는 경사진 면 위 를 미끄러지듯 서둘러 계단을 내려가다 아침 청소를 하 기 위해 막 위로 올라오는 하녀와 부딪쳤다.

"에구머니!"

하녀가 소리를 지르며 앞치마로 얼굴을 가렸지만 그는 벌써 사라지고 없었다. 그는 문을 뛰쳐나와 찻길을 건너 강으로 마구 달려갔다. 그는 굶주린 자가 음식을 움켜잡 듯 이미 난간을 꽉 부여잡고 있었다. 그는 소년 시절에 부모의 자랑이었던 훌륭한 체조 솜씨로 몸을 크게 흔들었다. 점점 힘이 빠져가는 손으로 여전히 꽉 잡고 있던 난간 기둥 사이로, 그는 자신이 떨어지는 소리를 쉽사리 덮어줄 버스가 오는 것을 엿보다가 나지막이 외쳤다.

"사랑하는 부모님, 언제나 두 분을 사랑했습니다."

그리고 몸을 던졌다.

그 순간 다리 위에는 곧 끊임없는 차량이 이어졌다.

3

학술원에
드리는 보고

Ein Bericht für eine Akademie

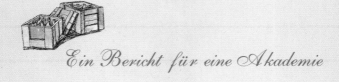

Ein Bericht für eine Akademie

여러분께서 제가 옛날에 원숭이로 살았던 과거에 대해 학회에 보고를 하라고 하시니 영광스럽기 그지없습니다.

하지만 유감스럽게도 저는 그 같은 요구를 들어드릴 수가 없습니다. 원숭이의 본성에서 벗어나 살기 시작한 지 거의 오 년이 되었습니다. 그 세월을 달력으로 치면 짧을지 모르지만, 제가 그동안 훌륭한 분들에게 여러 가지 충고와 갈채를 받고 오케스트라의 음악이 울리는 장소에서 정신없이 계속 달음질친 일을 모두 생각해보면, 한없이 길고 긴 시간이었습니다. 이처럼 많은 것과 함께 있었다고 해도 사실 저는 혼자였습니다. 왜냐하면 사람들과 같이 했던 모임은 죄다—비유를 들어 말씀드리자면—울타리를 앞에 두고 떨어져 있었던 것이니까요. 제가 만일 죽을 때까지 원숭이로 살겠노라 생고집을 부리며 어린 시절의 기억에만 매달려 있었더라면 지금의 이러한 성과는 절대로 거두지 못했을 겁니다. 고집을 모두 내버리는 일이 제가 자신에게 내린 최고의 계명이었습니다. 저는 자유로운 원숭이로서 스스로 굴레를 뒤집어썼습니다. 그렇게 일부러 굴레를 뒤집어쓰자 옛 기억은 점점 멀어지다가 기억에서 잊혀갔습니다. 만약 사람들이 원해서 저를 옛날 원숭이 시절로 돌아가도록 했다고 칩시다. 예를 들어 하늘이 지상에다 과거로 돌아가는 문을 만들어 활짝 열어놓고 그곳을 통과해 가라고 했다 해도, 스스로를 가혹하게 채찍질하며 성취한 제 진화에 의해 그 문은 점점 낮아지고 좁아졌을 겁니다. 지금 저는 사람들의 세상이 내 집처럼 편안합니다. 저의 과거로부터 몰려오던 폭풍은 잔잔해져, 이제 그것은 발꿈치를 시원하게 해주는 한줄기 부드러운 바람일 뿐입니다. 그리고 과거의 폭풍이 불어왔고, 또 제가 애초에 지나왔던 저 까마득히 먼 곳에 있는 그 구멍도 아주 작아졌습니다. 그래서 온 힘과 의지를 다 동원해 다시 그쪽으로 뛰어간다 한들, 그 구멍을 통과하기 위해서는 제 몸의 털가죽을 홀랑 벗겨야 할 것입니다. 솔직히 말해 이것도 비유를 들고 싶지만 탁 터놓고 말씀드리겠습니다. 높으신 학자 여러분, 예전에 여러분도 원숭이 근성을 가지고 있었다는 것을 가정하면, 여러분이 원숭이 근성을 벗어난 정도나 제가 원숭이 근성을 벗어난 정도나 별 차이가 없을 겁니다. 그것이 땅 위를 걸어 다니는 모두의 발꿈치를 간질이고 있습니다. 위대한 영웅 아킬레스든 한낱 침팬지든 말입니다.

그러나 제가 아주 조금은 여러분의 요청에 답할 수 있을 것이며, 또한 기꺼이 보고를 드리겠습니다. 제가 맨처음으로 배운 것은 악수하는 방법이었습니다. 악수는 열린 마음을 보여주는 것이죠. 제 생애 최고의 순간에 서 있는 오늘, 처음으로 배운 악수에 대해 솔직한 말을 덧붙일 수 있겠습니다. 학술원 입장에서 보면 그것이 전혀 새로운 것을 제시해주지는 않을 겁니다. 애초에 여러분이 제게 요구한 것은 제가 아무리 애를 써도 말할 수 없는 것입니다. 원래 원숭이였던 것이 어떻게 해서 인간의 세계로 끼어 들어와 탄탄한 자리를 차지하게 되었는지, 그 표준 지침을 알려드리는 일 말입니다. 하지만 지금부터 하려는 변변찮은 이야기조차도 만일 제가 스스로에게 확신이 없거나 문명 세계의 수많은 버라이어티쇼 무대에서 위치를 확고부동하게 하지 못했다면 분명히 그마저도 말할 수가 없었을 것입니다.

저는 원래 황금해안에 살고 있었습니다. 제가 어떻게
잡혔는지에 대해서는 다른 사람들의 보고를 전해드리겠
습니다. 하겐베크 회사의 사냥 원정대가—원정대 대장과
저는 나중에 같이 어울려 훌륭한 포도주를 마시는 사이
가 되었습니다—해안 덤불 속에 숨어 있었습니다. 저녁
에 제가 다른 원숭이 무리와 함께 마실 물이 있는 곳으
로 달려가고 있을 때 사냥꾼이 총을 쏘았는데, 그때 제
가 총에 맞은 단 한 마리의 원숭이였습니다. 두 방을 맞
았습니다.

한 방은 뺨에 맞았는데, 살짝 스친 정도였습니다. 그런
데도 털이 싹 밀려 얼굴에 크고 시뻘건 흉터가 남게 되었
습니다. 그 흉터 때문에 그야말로 어떤 원숭이가 생각해
냈을 법한 빨간 페터라는 이름을 얻게 되었습니다. 얼마
전에 뒈진 제법 유명한 페터라는 원숭이와 저를 빨간 흉
터 하나로 구별한다는 듯이 말입니다. 저는 그 이름이 아
주 듣기 싫고, 저와 조금도 어울리지 않는다고 생각합니
다. 이건 지나가는 얘기입니다.

두 번째 총알은 엉덩이 아래에 맞았습니다. 그건 상처
가 심했고, 그 때문에 오늘날까지도 다리를 약간 절룩거
리게 되었습니다. 얼마 전에 신문에서 무척 경솔한 인간

들 중에 하나가 쓴 기사를 읽은 적이 있습니다. 그자는 제가 원숭이의 본성을 아직도 완전히 벗어버리지 못했다고 했습니다. 그 증거라는 게, 방문객이 오면 제가 총에 맞은 흉터를 보인답시고 바지를 훌렁 벗어 엉덩이를 까 보인다는 것이었습니다. 그런 놈은 글 쓰는 손가락 마디마디를 뚝뚝 분질러놓아야 합니다. 저는 제 마음대로 누구 앞에서든 바지를 벗을 수 있습니다. 바지를 벗어봤자 보이는 것은 가지런히 다듬은 털과 흉터, 그러니까 사악한—이 자리에서 정확한 목적을 위해 정확한 말을 고르자면, 하지만 오해는 하지 마십시오— '사악한 총격' 때문에 생긴 흉터밖에 없습니다. 아주 명백합니다. 숨길 것은 아무것도 없습니다. 진실에 맞닥뜨리면 제아무리 고상한 사람도 잘난 예의범절 따위는 벗어버리기 마련입니다. 하지만 만일 그 기사를 쓴 작자가 방문객 앞에서 바지를 훌렁 벗고 엉덩이를 까 보이면 그건 물론 전혀 다른 얘기가 되겠지요. 저는 그자가 바지를 벗지 않는 것이 아직 정신이 나가지 않은 증거라고 좋게 생각하렵니다. 그러니 그 작자도 마음을 고쳐먹어 저를 괴롭히지 말고 내버려 두었으면 합니다!

총알을 맞은 후에 깨어나 보니—지금부터 서서히 제 기억이 시작됩니다—하겐베크 회사의 증기선 갑판에 있는 동물 우리 속이었습니다. 그것은 사방이 창살로 된 우리가 아니라, 창살로 된 벽 세 개가 나무 궤짝에 붙어 있는 우리였습니다. 그러니까 나무 궤짝이 네 번째 벽이 되는 셈이었죠. 크기는 똑바로 서기에는 너무 낮고 주저앉기에는 너무 좁았습니다. 저는 몸을 잔뜩 웅크린 자세로 덜덜 떨면서 쪼그리고 앉았습니다. 처음에는 아마도 제가 누구와도 얼굴을 마주치고 싶지 않았던 듯 등을 돌린 채 컴컴한 어둠을 향해 궤짝 쪽을 보고 있었습니다. 그러고 있자니 창살이 등으로 파고들었습니다. 그 당시 사람들은 야생동물을 막 잡은 직후에는 그런 식으로 가두는 것을 가장 좋은 방법이라고 여겼습니다. 오늘날의 저도 경험해보니, 인간의 입장에서는 실제로 맞는 방법임을 부인할 수 없습니다.

하지만 그때는 그런 생각을 하지 못했습니다. 저는 난생처음으로 어디에도 출구가 없는 처지가 되었던 겁니다. 최소한 똑바로 나갈 수 없었습니다. 바로 코앞에 나무 궤짝이 버티고 있었고, 궤짝의 판자는 촘촘히 짜여 있었습니다. 그래도 판자 사이로 비집고 나갈 틈새가 있기는 했습니다. 그 틈을 처음 발견했을 때 저는 어리석게도 행복에 겨운 소리로 울부짖었습니다. 그러나 틈새는 간신히 꼬리를 쑤셔 넣기에도 턱없이 좁았고, 그 틈을 벌리자니 원숭이가 가진 힘을 다 써서 낑낑대봤자 어림도 없었습니다.

사람들이 나중에 들려준 얘기로는, 제가 그때 이상하리만치 너무나 조용해서 금방 죽어버리든지, 혹은 처음에 당하는 시련을 극복하고 살아남게 되면 아주 길이 잘 드는 원숭이가 될 것이라 생각했다더군요. 저는 그 시기를 이겨냈습니다. 흑흑 흐느끼고, 따가운 벼룩을 잡고, 힘겹게 코코넛 열매를 핥고, 머리통으로 궤짝 벽을 쾅쾅 처박고, 누군가 가까이 오면 혀를 죽 빼면서 말입니다— 이런 것이 새로운 삶에서 처음으로 했던 일입니다. 그런 가운데에서는 오직 출구가 없다는 기분밖에 들지 않았습니다. 물론 제가 당시에 원숭이로서 느꼈던 기분을 지금에 와서 사람의 말로 표현하자니 옛날 원숭이의 진실을 정확하게 표현하지 못할 수도 있습니다. 그러나 최소한 묘사의 방향만큼에는 진실이 들어 있습니다. 이 사실은 조금도 의심할 여지가 없습니다.

그전까지 저에게는 수많은 출구가 있었지만, 그때부터는 하나도 없게 되었습니다. 꼼짝달싹 못하게 된 것입니다. 설사 사람들이 저를 못으로 박아놓았다 하더라도 제가 돌아다닐 자유가 그보다 더 줄어들지는 않았을 것입니다. 왜 그럴까요? 네 발가락 사이의 살을 암만 긁어봐라, 그래도 너는 그 이유를 알 수 없을 거다. 네 엉덩이를 창살에 대고 두 쪽으로 찢어지도록 짓이겨봐라, 그래도 넌 이유를 알 수 없을 거다. 저에게는 출구가 없었지만, 어떻게든 그것을 만들어야만 했습니다. 왜냐하면 출구 없이는 살 수 없었기 때문입니다. 언제나 궤짝 벽에 붙어 있었다면 전 틀림없이 뒈지고 말았을 겁니다. 그러나 하겐베크 회사의 원숭이들은 모두 궤짝 벽 속에 갇혀 있어야만 했기 때문에—자, 그래서 저는 원숭이이기를 그만두었습니다. 아주 영리하고 훌륭했던, 그 생각은 제 배에서 어찌어찌 짜냈던 것 같습니다. 원숭이들은 머리가 아니라 배로 생각하거든요.

제가 출구라고 하는 말을 사람들이 제대로 이해하지 못할까 걱정스럽습니다. 저는 이 말을 가장 일반적이고 완전한 의미로 쓰고 있습니다. 저는 일부러 자유라고 말하지 않습니다. 사방을 향한 자유라는 그 위대한 감정을 말하는 것이 아닙니다. 원숭이였을 때는 혹시 자유라는 것을 알았는지도 모르겠습니다. 그리고 저는 자유를 동경하는 사람들을 알게 되었습니다. 그러나 저로서는 그 때나 지금이나 자유를 요구하지 않습니다. 지나가는 말입니다만, 인간은 자유를 가지고 너무도 자주 자기 자신을 기만합니다. 자유를 위대한 감정 중에 하나라고 여기는 것만큼이나 그에 상응하는 기만 또한 위대한 것이겠지요. 저는 버라이어티쇼에 데뷔하기 전에 곡예사 한 쌍이 공중그네를 타는 것을 많이 구경했습니다. 그들은 공중을 훌쩍 날아오르고, 흔들어대고, 뛰어오르고, 팔짱을 낀 채 둥둥 떠다니며, 한 사람이 다른 사람의 머리채를 입으로 물고 날랐습니다. 저는 '저것도 인간의 자유로구나' 하고 생각했습니다. '독단적인 동작이군.' 신성한 본성을 비웃다니! 그 광경을 보는 원숭이의 폭소 앞에서는 어떤 건물도 버틸 수 없을 것입니다.

아니요, 저는 자유를 원하지 않았습니다. 오직 하나의 출구만 원했을 뿐입니다. 오른쪽이든 왼쪽이든 상관없었습니다. 다른 요구는 전혀 없었습니다. 출구도 또한 그저 기만일 수 있겠지요. 그러나 요구가 적은 만큼 기만도 그보다 크지는 않을 겁니다. '나아가자, 계속 나아가자! 궤짝 벽에 찌그러져 달라붙은 채 망연히 두 손을 들고 서 있는 것만은 안 된다.'

오늘날 저는 확실히 압니다. 그 위대한 마음의 안정이 없었다면 결코 탈출하지 못했으리라는 것을 말입니다. 사실 이렇게 제가 성공하게 된 것은 모두가 배 위에서 처음 며칠이 지난 후 찾은 안정감 덕택일 것입니다. 그리고 그 안정감은 다시금 선원들의 덕택이었다고 할 수 있습니다.

　어쨌든 선원들은 좋은 사람들이었습니다. 그 당시 제
가 반쯤 잠들었을 때 쿵쿵 울리던 그들의 묵직한 발걸음
소리를 지금도 자주 떠올리곤 합니다. 선원들은 무슨 일
이든 아주 천천히 시작하는 버릇을 가지고 있었습니다.
눈을 비빌 때도 저울추처럼 천천히 손을 들어 올렸습니
다. 농담은 거칠었으나 애정이 담겨 있었습니다. 웃음소
리는 늘 위협하는 것처럼 들렸지만 그저 별 뜻 없는 헛기
침이 섞여 있을 뿐이었습니다. 그리고 입속에는 늘 뱉을
게 들어 있었는데, 그걸 어디로 내뱉는가는 조금도 신경
쓰지 않았습니다. 선원들은 늘 제 몸에 있는 벼룩이 튀어
자기들에게 옮긴다고 투덜거렸지만 진짜로 화를 낸 적은
한 번도 없었습니다. 제 털 속에는 당연히 벼룩이 살고,
벼룩은 원래 튄다는 것을 잘 알고 있었으므로 으레 그러
려니 했던 겁니다. 선원들은 일이 없을 때는 가끔 제 주
위에 반원으로 둘러앉곤 했습니다. 말은 거의 하지 않았
고, 다만 서로 그르렁거리기만 했습니다. 궤짝 위에서 사
지를 쭉 늘어뜨리고 파이프를 피우고 있다가 제가 조금
이라도 움직이면 당장 파이프로 무릎을 탁 쳤습니다. 그
리고 가끔 누군가가 막대기를 가지고 와서 저를 시원하
게 긁어주기도 했습니다. 지금에 와서 그 배를 다시 타라

고 한다면 저는 분명히 거절할 것입니다. 하지만 또 하나 분명한 사실은 갑판에서 있었던 기억이 다 나쁘지만은 않다는 것입니다.

그 사람들 속에서 얻은 안정감은 무엇보다도 달아나려고 했던 저의 모든 시도를 꺾어버렸습니다. 지금에 와서 돌아보면, 살려면 반드시 출구를 찾아야 했겠지만 달아나는 것을 통해 출구를 얻을 수 없을 것이라는 사실을 조금이나마 예감했던 것 같습니다. 제가 달아날 수 있긴 했는지 지금은 잘 모르겠습니다. 하지만 원숭이는 언제라도 달아날 수 있다고 믿습니다. 요즘의 제 이빨로는 예전 같으면 아무 일도 아니었을 호두 까는 일조차 조심해야 하는 지경입니다만, 그 당시에는 시간만 들이면 이빨로 문빗장도 물어뜯을 수 있었을 것입니다. 하지만 저는 그렇게 하지 않았습니다. 그런다고 뭘 얻었겠습니까? 제가 머리를 내밀자마자 사람들은 다시 잡아들여 더 고약한 우리 속에 처넣었겠지요. 아니면 제가 눈에 띄지 않고 빠져나가 다른 동물들 쪽으로, 예컨대 엄청나게 커다란 뱀 같은 게 있는 쪽으로 달아났다면 뱀한테 칭칭 감겨 그 자리에서 끝장나 버렸겠지요. 그도 아니면 혹시 갑판에까지 몰래 빠져나가 뱃전에서 물속으로 뛰어내릴 수 있었다 해도 망망대해에서 잠깐 허우적거리다가 물에 빠져 죽어버렸겠지요. 다 자살 행위입니다. 저는 인간처럼 계산할 줄은 몰랐지만, 제 환경의 영향을 받아 마치 계산이라도 한 것처럼 행동했습니다.

저는 계산하지 않았지만, 아주 안정된 가운데 관찰을 했던 것 같습니다. 저는 왔다 갔다 하는 사람들을 보았는데, 항상 똑같은 얼굴에 움직임도 똑같아서 마치 한 사람인 것 같은 생각이 들곤 했습니다. 한 사람이든 여러 사람이든 간에 사람들은 아무런 방해도 받지 않고 자유로이 다니고 있었습니다. 저에게 한 가지 높은 목표가 어렴풋이 떠올랐습니다. 제가 사람들처럼 된다면 창살 밖으로 내보내 주겠다고 약속한 사람은 아무도 없었습니다. 이루어질 것 같지 않은 일에 그런 약속은 하지 않는 법입니다. 하지만 그 일을 이루고 나면, 그전에 그렇게 아무런 성과 없이 찾던 바로 그곳에 약속이 뒤이어 나타나게 됩니다. 그런데 그 사람들 자체에는 제 마음을 사로잡는 것이 아무것도 없었습니다. 아까 말했던 자유를 제가 혹시 굳게 믿고 바랐다면, 그 사람들의 흐릿한 눈에서 보이는 출구보다는 차라리 망망대해를 택했을 것입니다. 아무튼 그런 생각을 하기 오래전부터 이미 사람들을 관찰했던 저는 그렇게 관찰을 계속하면서 일정한 방향으로 발걸음을 내딛게 되었습니다.

사람들을 흉내 내는 일은 정말 식은 죽 먹기였습니다. 침 뱉는 일은 처음 며칠 만에 금방 따라 할 수 있게 되었습니다. 우리는 서로 얼굴에다 침을 뱉어댔습니다. 사람들과 저와 차이가 있다면, 저는 얼굴을 깨끗이 핥아냈고 사람들은 그러지 않았다는 것뿐이었습니다. 곧이어 노인처럼 느긋하게 파이프를 피우는 흉내를 내게 되었습니다. 더욱이 제가 엄지를 파이프 대가리에 쑤셔 넣자 온 갑판에서 환호성이 터졌습니다. 그런데 한 가지, 담배가 채워진 파이프와 빈 파이프의 차이를 구별하는 일만은 무척 오래 걸렸습니다.

제일 힘들었던 것은 독한 술병이었습니다. 지독한 술 냄새가 괴로웠습니다. 무슨 수를 써서라도 참으려고 저 자신을 억눌렀는데, 그게 몇 주일 걸렸습니다. 이상하게도 사람들은 제 내면의 싸움을 다른 무엇보다도 진지하게 받아들였습니다. 선원들을 다 기억하지는 못하지만, 언제나 저를 찾아오던 사람이 있었습니다. 그는 혼자서, 혹은 동료들과 같이 밤이건 낮이건 시도 때도 없이 찾아와 술병을 제 앞에 세워놓고 저를 가르쳤습니다. 그는 저를 알 수 없었기 때문에 제 존재의 수수께끼를 풀려 했던 것입니다. 그는 천천히 병마개를 열고 나서 제가 알아챘는지 살피려고 저를 쳐다보았습니다. 고백하자면 저는 늘 덤벼들 듯 거칠고 맹렬한 집중력으로 그 사람을 관찰했습니다. 이 지구상에 있는 어떤 인간 선생도 그런 인간 제자를 만날 수 없을 겁니다. 그 사람은 병마개를 따고 나서 술병을 입으로 가져갔습니다. 저의 시선은 그의 목구멍 속까지 좇아갔습니다. 그 사람은 그런 저를 보고 만족스러워하며 고개를 끄덕이고, 술병을 입술에 갖다 댔습니다. 저는 조금씩 알아가는 것에 미칠 듯이 기쁜 나머지, 괴성을 끽끽 지르며 손 닿는 곳이면 제 몸 어디든 마구 긁어댔습니다. 그러면 그 사람은 기분이 좋아서 병을 기울여 한 모금 마셨지요. 저는 그 사람을 따라하고 싶은 조바심으로 마음이 바짝 타고 절망에 빠져 그만 우리에다 오줌을 지렸습니다. 그 꼴에 더욱 만족스러워진 그는 병을 든 팔을 힘껏 내밀었다가 단번에 병을 위로 쳐들어, 저를 가르치려고 과장해서 한껏 몸을 뒤로 젖히고 단숨에 병을 비웠습니다. 저는 너무나 과도한 요구에 나가떨어져 더는 따라 하지 못하고 창살에 맥없이 매달렸습니다. 그 사이에 그자는 배를 쓸면서 히죽 웃는 것으로 이론 수업을 끝내곤 했습니다.

그리고 비로소 실습이 시작되었습니다. 이론 수업으로 제가 이미 완전히 나가떨어지지 않았느냐고요? 예, 물론 완전히 지쳐 나가떨어졌습니다. 그것이 제 운명이지요.

어쨌든 저는 그가 내민 병을 되도록 꽉 움켜쥐고, 부들부들 떨면서 병마개를 열었습니다. 병마개를 여는 데 성공하니 서서히 새로운 힘이 생겨났습니다. 저는 선생이 보여준 몸짓과 거의 똑같이 술병을 쳐들고 입에 갖다 댔습니다. 그리고 역겨워, 너무나 역겨워 술병을 휙 내던지고 말았습니다. 술병은 비어 있었고 술 냄새만 났는데도 왈칵 토할 것 같아 바닥에 내던져 버리고 만 것입니다. 선생도 슬펐겠지만 저의 슬픔은 훨씬 더 컸습니다. 비록 술병을 던져버린 다음 제가 한껏 그럴싸하게 배를 쓰다듬으며 히죽 웃어본들, 그걸로 선생의 슬픔과 저의 슬픔이 가시지는 않았습니다.

수업은 너무도 자주 그런 식으로만 끝나고 말았습니다. 그런데 존경스럽게도 선생은 저에게 화를 내지 않았습니다. 선생은 가끔 파이프로 제 털을 지지곤 했는데, 제 손이 닿지 않는 곳에 털이 타들어 가기 시작하면 그는 커다랗고 선량한 손으로 손수 불을 꺼주었습니다. 선생은 저에게 화를 내지 않았습니다. 우리는 둘 다 원숭이의 본성과 싸우는 같은 입장에 서 있고, 원숭이인 제가 더 힘든 부분을 맡고 있다는 사실을 잘 알고 있었던 겁니다.

그러던 어느 날 선생에게도 저에게도 대단한 승리가 찾아왔습니다. 제 주위에 구경꾼들이 많이 모인 그날 저녁―아마 무슨 축제가 있었던 듯, 축음기가 울리고 장교한 명이 선원들 사이에 섞여 빈둥거리고 있었습니다―저는 우리 앞에 아무렇게나 놓여 있던 독한 술병을 움켜쥐었습니다. 관중이 점점 저를 지켜보는 가운데, 저는 그동안 배운 대로 병마개를 따서 입에 대고 주저 없이, 입 한번 비틀지 않고 단숨에, 눈알을 데굴데굴 굴리며 마치 타고난 술꾼처럼 정말로 죄다 목구멍으로 들어부었습니다. 그런 다음 절망에 빠진 자가 아니라 예술가처럼 멋진 몸짓으로 술병을 휙 던져버렸습니다. 비록 그때 배를 쓰다듬는 것을 잊어버리기는 했지만 말입니다. 그 대신 달리할 수 있는 일도 없었고, 뭔가 자꾸 몰아대는 기분이 든데다가, 머리가 핑 돌며 어지러웠기 때문에 짧고 분명하게 "안녕!" 하고 외쳤습니다. 인간의 말을 터뜨린 이 한마디 외침으로 제가 인간 사회로 뛰어들자 "들어봐, 저게말을 하네!"라는 인간들의 메아리가 들려왔습니다. 그 소리는 마치 온통 땀범벅이 된 제 몸뚱어리에 입을 맞추는것 같았습니다.

다시 한 번 말씀드립니다만, 제가 인간의 흉내를 내고싶다는 유혹에 사로잡힌 것은 아니었습니다. 저는 단지출구를 찾느라 흉내를 냈을 뿐이지, 다른 이유는 전혀 없었습니다. 게다가 그 승리란 것도 별로 대단치 않았습니

다. 인간의 소리는 그 뒤로 나오지 않다가 몇 달이 지나서야 다시 목소리가 나오기 시작했습니다. 술병은 보기만 해도 진저리가 났습니다. 그러나 아무튼 그것으로 제가 나아갈 방향은 확실히 잡혔던 것입니다.

제가 함부르크에서 처음으로 조련사에게 넘겨졌을 때, 저는 저에게 두 가지 길이 있다는 것을 곧바로 알게 되었습니다. 동물원 아니면 버라이어티쇼 극장이었죠. 저는 망설이지 않았습니다. 저 자신에게 이렇게 말했습니다. '무슨 수를 써서라도 버라이어티쇼 극장에 가자. 그게 바로 출구다. 동물원은 또 다른 창살 우리일 뿐, 동물원으로 가면 너는 끝장이다.'

존경하는 여러분, 그래서 저는 배웠습니다. 예! 반드시 배워야 하는 것은 배우게 돼 있습니다. 출구가 필요하면 배웁니다. 앞뒤 가리지 않고 배웁니다. 채찍으로 스스로를 감시합니다. 조금이라도 반항하면 살이 찢어지도록 자신을 내리칩니다. 그렇게 해서 원숭이의 본성은 빙그르르 돌아 저에게서 빠져나가 버렸습니다. 그 때문에 첫 번째 선생이 도리어 원숭이처럼 되어버려, 곧 수업을 포기하고 정신병원으로 실려 갔습니다. 다행히도 곧 나았지만 말입니다.

저는 많은 선생을 겪었습니다. 한꺼번에 여러 선생에

게서 배울 때도 있었지요. 능력이 날로 진보하자 대중이 제 진보를 뒤따랐고, 제 미래가 밝아왔을 때는 제가 직접 선생을 고르게 되었습니다. 저는 차례로 늘어선 방 다섯 개에 선생들을 초청해 앉혀놓고 이 방 저 방으로 쉴 새 없이 뛰어다니며 모든 것을 동시에 배웠습니다.

이 진보! 이 지식의 빛이 사방으로부터 깨어나는 제 뇌 속으로 속속 몰려들었습니다! 그것이 저를 행복하게 했다는 것을 부정하지는 않겠습니다. 하지만 솔직히 말해, 저는 그것을 과대평가하지도 않습니다. 전에도 물론 그러지 않았고, 지금은 더더욱 그러지 않습니다. 지금까지 지상에서 한 번도 없었던 모진 노력으로 저는 드디어 유럽인의 평균 교양에 도달하게 되었습니다. 그것이 그 자체로는 아무것도 아닐지도 모릅니다. 그러나 그것은 제가 우리 밖으로 나오는 데 도움이 되었고, 저에게 이 특별한 출구, 인간 출구를 만들어주었다는 점에서는 그래도 의미가 있습니다. "슬그머니 달아나다"라는 멋진 표현이 독일어에 있습니다. 제가 바로 그렇게 했습니다. 제가 슬그머니 달아난 겁니다. 자유란 언제나 선택할 수 있는 게 아니라고 전제된 저에게는 달리 길이 없었습니다.

제 발전과 지금까지의 발전이 이룬 목표를 돌아볼 때, 저는 불평도 만족도 하지 않습니다. 저는 바지 주머니에

양손을 찌르고, 탁자 위에 와인 병을 올려놓고, 흔들의자에 비스듬히 누워 창밖을 바라봅니다. 손님이 오면 적절히 맞이합니다. 매니저가 앞방에 대기하고 있다가 부르면 곧바로 달려와 제 지시를 듣습니다. 저녁에는 거의 매일 공연이 있는데, 더는 바랄 수 없을 만큼 대단한 성공을 거둡니다. 제가 학술 모임이나 연회 등 여러 즐거운 모임에서 밤늦게 돌아오면, 훈련 중인 작은 암침팬지가 저를 기다리고 있습니다. 저와 암침팬지는 원숭이의 방식으로 즐거운 시간을 보냅니다. 저는 낮에는 그 암침팬지를 보지 않으려 합니다. 왜냐하면 그녀의 눈동자에는 훈련받고 있는 동물에게서 보이는 정신착란의 혼란스러운 빛이 나타나기 때문입니다. 그것은 저만이 알아볼 수 있는데, 저는 그 눈빛을 견딜 수가 없습니다.

전체적으로 보면, 어쨌든 저는 도달하고자 한 목표에 도달했습니다. 그것이 노력할 가치가 없는 일이었다는 말은 듣고 싶지 않습니다. 어쨌든 저는 인간들의 판단을 원치 않습니다. 저는 다만 지식을 넓히고 싶을 뿐입니다. 저는 보고를 할 뿐입니다. 학술원의 높으신 여러분께도 단지 보고를 드렸을 뿐입니다.

4

화부

Der Heizer

Der Heizer

열여섯 살인 카를 로스만은 가난한 부모의 뜻에 따라 미국으로 보내졌다. 하녀가 그를 유혹해 아기를 낳았기 때문이다. 이미 속력이 늦추어진 배가 서서히 뉴욕 항으로 들어서자 그는 아까부터 지켜보고 있던 자유의 여신상이 갑자기 강렬해진 햇빛을 받으며 서 있는 것처럼 느껴졌다. 칼을 들고 있는 여신상의 팔은 새로운 듯 높이 솟아 있었고, 여신상의 주위에는 한가로운 바람이 불고 있었다.

"무척 높구나!"

카를이 혼잣말을 했다. 그는 그 자리를 떠날 생각을 전혀 하지 않고 있었지만 그를 지나쳐 가는 짐꾼들의 수가 점점 늘어나면서 서서히 갑판 난간까지 밀려났다.

항해 도중에 언뜻 알게 된 젊은이가 지나가며 말했다.

"내릴 생각이 없나 보죠?"

"이미 내릴 준비를 다 끝냈는걸요."

카를이 웃으며 그에게 말했다. 카를은 힘센 청년이었으므로 호기롭게 가방을 어깨 위에 얹었다. 젊은이는 지팡이를 가볍게 흔들며 벌써 저만치 다른 사람들에 섞여 멀어져 가고 있었다. 그 모습을 쳐다보던 카를은 문득 우산을 아래층 선실에 놔두고 왔다는 것을 깨닫고 당황했다. 그는 썩 달가워하지 않는 그 젊은이에게 잠깐 가방을 봐달라고 부탁하고는 돌아오는 길을 제대로 찾기 위해 주위를 한번 둘러보고 나서 서둘러 뛰어갔다. 아래층에서 그는 유감스럽게도 지름길이 이미 닫혀버린 것을 알게 되었다. 아마도 모든 승객이 하선하는 일과 관계가 있는 듯했다. 그래서 그는 여러 좁은 공간을 통과하고, 연이어 나타나는 짧은 계단을 지나고, 계속 휘어 있는 복도를 지나, 버려진 책상만 있는 텅 빈 방을 거치며 고생스럽게 길을 찾아야 했다. 그러나 그 길은 한 번인가 두 번, 그것도 항상 여러 사람과 함께 지나온 길이었으므로 결국 그는 완전히 길을 잃고 말았다. 그는 당황했다. 아무도 보이지 않았고, 머리 위에서는 수많은 발소리만 연방 들릴 뿐이었다. 저 멀리서 이미 멈춘 기계의 마지막으로

작동하는 소리가 마치 숨결처럼 새어 나오는 것을 들은 그는 헤매고 돌아다니다 우연히 맞닥뜨린 작은 문을 무턱대고 두드리기 시작했다.

"열려 있소."

안쪽에서 외치는 소리가 들렸다. 카를은 안도의 숨을 내쉬며 문을 열었다.

"왜 그렇게 미친 듯이 문을 두드려대는 거요?"

거인같이 몸집이 큰 남자가 카를을 쳐다보지도 않고 물었다. 어디엔가 있을 채광창을 통해 위쪽 배 안에서 이미 한참 사용하여 흐릿해진 빛이 초라한 선실 안으로 들어오고 있었다. 선실에는 침대, 옷장, 의자, 그리고 그 남자가 마치 차곡차곡 저장된 물건처럼 차례차례 비좁게 서 있었다.

"길을 잃었어요."

카를이 말했다.

"항해할 때는 전혀 몰랐는데, 배가 정말 엄청나게 크네요."

"그래요, 맞는 말이오."

남자는 자랑스레 말하며 작은 가방에 달린 자물쇠를 끊임없이 만지작거렸다. 그는 자물쇠가 잠기는 소리를 들으려 두 손으로 가방을 계속 눌러댔다.

"어쨌든 안으로 들어오시오!"

남자는 이어 말했다.

"그렇게 밖에 서 있지 않아도 돼요!"

"제가 방해가 되지 않을까요?"

카를이 물었다.

"에이, 방해는 무슨!"

"독일 분이세요?"

카를은 아일랜드인들이 미국에 막 도착한 신출내기들에게 특히 위험하다는 소리를 많이 들었기 때문에 확인을 하고자 했다.

"그렇소."

남자가 말했다. 카를은 여전히 망설였다. 그러자 남자는 카를을 안으로 들이기 위해 갑자기 문고리를 잡아 얼른 문을 닫았다.

"난 사람들이 복도에서 이쪽을 들여다보는 것을 무척 싫어한다오."

남자는 다시 가방을 만지작거리며 말했다.

"지나가는 사람마다 안을 들여다보는데 어떻게 참을 수가 있겠소? 열에 한 명쯤이나 참으려나!"

"하지만 복도는 지금 텅 비었는데요."

카를은 침대 모서리에 불편하게 끼인 채 말했다.

"지금은 그렇지."

남자가 말했다.

'하지만 문제는 지금이잖아. 이 남자와는 얘기하기가 힘들겠는데.'

카를은 생각했다.

"침대에 좀 눕지 그러오? 거긴 자리가 널찍한데."

남자가 말했다. 카를은 재주껏 기어 들어갔다. 처음에 훌쩍 뛰어오르려고 시도했다가 실패를 하고 웃음을 터뜨렸다. 그는 침대 안에 들어가자마자 소리를 질렀다.

"아차, 가방을 까맣게 잊어버리고 있었네!"

"가방이 어디에 있는데요?"

"갑판 위에요. 아는 사람이 지키고 있어요. 그 사람 이름이 뭐더라?"

그는 어머니가 여행을 위해 윗도리 안감에 달아준 비밀 주머니에서 명함을 꺼냈다.

"부터바움, 프란츠 부터바움."

"꼭 필요한 가방이오?"

"그럼요."

"그래, 그렇다면 왜 낯선 사람에게 가방을 맡겼소?"

"제가 우산을 잊고서 아래에 놓고 온 바람에 그것을 가지러 달려 내려왔는데, 가방을 질질 끌고 오고 싶지 않았거든요. 그러다가 길까지 잃었고요."

"당신 혼자요? 동행이 없소?"

"예, 혼자입니다."

'어쩌면 이 남자를 의지해야겠구나.'

카를의 머릿속에 이런 생각이 스치고 지나갔다.

'이보다 더 좋은 친구를 어디서 만나겠어.'

"그럼 이제 가방마저 잃어버린 것이로군. 우산은 말할 것도 없고."

남자는 카를의 일에 이제 얼마간 관심을 가진다는 듯이 의자에 앉았다.

"저는 아직 가방을 잃어버렸다고는 생각하지 않는데요."

"믿는 자에게 복이 있나니."

남자는 말하며 숱이 많은 짧고 검은 머리를 박박 긁었다.

"배에선 항구가 바뀜에 따라 도덕도 바뀌기 마련이라오. 함부르크에서라면 혹시 당신의 부터바움이라는 사람이 가방을 지켜주었을지 모르지. 하지만 여기 뉴욕에서는 틀림없이 가방도 사람도 흔적도 없이 사라졌을 게요."

"그러면 당장 갑판 위로 올라가 봐야겠어요."

카를은 말하며 어떻게 나가야 할지 주위를 둘러보았다.

"그냥 있으시오."

남자가 말했다. 그러면서 그는 한 손으로 카를의 가슴 팍을 거칠게 밀어 다시 침대에 주저앉혔다.

"왜 이러세요?"

카를은 화가 나서 물었다.

"그래봤자 소용없기 때문이오."

남자가 말했다.

"잠깐만 있으면 나도 나가니, 그때 같이 나갑시다. 가 방을 훔쳐 갔으면 할 수 없고, 그 남자가 가방을 그 자리 에 두었다면 배가 완전히 비고 난 다음에 찾는 게 더 쉬 울 게요. 우산도 마찬가지고."

"이 배를 잘 아십니까?"

카를이 미심쩍게 물었다. 그는 배가 비었을 때 물건을 찾기가 가장 좋을 것이라는, 평소라면 당연히 확신했을 생각에도 어쩐지 무슨 함정이 숨겨져 있는 것 같았다.

"나는 이 배의 화부라오."

남자가 말했다.

"당신이 화부라고요!"

카를은 기대치도 못한 대답에 기뻐서 외쳤다. 그러고 는 팔꿈치를 괴고 남자를 더 가까이 들여다보았다.

"제가 슬로바키아 사람하고 같이 잤던 선실 바로 앞에

채광창이 있었는데, 그리로 기관실을 들여다볼 수 있었
어요."

"그래, 거기서 일을 했었소."

화부가 말했다.

"저는 항상 기술에 굉장히 관심이 많았어요."

카를은 생각에 잠긴 채 말했다.

"제가 미국에 오지 않았더라면 틀림없이 나중에 기술
자가 되었을 거예요."

"왜 떠나와야 했던 거요?"

"아, 그런 게 있어요!"

카를은 손을 저으며 이야기를 끊었다. 그러면서 말하
지 못하는 자기를 관대히 봐달라는 뜻으로 웃음을 띠며
화부를 바라보았다.

"뭔가 이유가 있겠지."

화부가 말했다. 그런데 그 말로는 그 이유를 얘기해달
라고 요구하는 것인지, 아니면 얘기하지 않아도 좋다는
것인지 알 수가 없었다.

"지금은 저도 화부가 되었으면 좋겠어요."

카를이 말했다.

"부모님은 이제 제가 무엇이 되든지 조금도 상관하지
않아요."

"내 자리가 곧 비게 될 거요."

화부는 자신의 말에 의기양양해서 두 손을 바지 주머니에 쑥 찔러 넣었다. 그리고 가죽으로 된 쇳빛의 주름진 바지를 입은 다리를 쭉 펴려고 침대 위에 걸쳤다. 카를은 벽 쪽으로 더 바싹 붙어야 했다.

"배를 떠나시려고요?"

"그렇소, 오늘 떠난다오."

"왜요? 일이 마음에 들지 않나요?"

"글쎄, 사정이야 여러 가지지. 마음에 들고 안 들고 때문에 일이 항상 결정되는 것은 아니라오. 어쨌든 당신 말도 맞소. 일이 마음에 들지 않는 건 사실이니까. 당신도 화부가 되려는 게 진심은 아닌 것 같은데. 그러나 하고 싶으면 아주 쉽게 될 수 있는 게 화부이기도 하지. 그래서 하지 말라고 충고하는 거요. 유럽에서 학문을 하려고 했다면 여기서 하지 못할 이유가 뭐가 있소? 미국의 대학들은 유럽의 대학에 비해 월등히 좋다고 하던데."

"그럴 수도 있겠지요."

카를이 말했다.

"하지만 대학에 갈 돈이 없어요. 저도 그런 사람에 대한 얘기를 읽은 적이 있어요. 낮에는 가게에서 일을 하고 밤에 공부를 해서 박사도 되고 시장도 되었다더군요. 하

167

지만 그러자면 엄청난 끈기가 필요하겠죠, 그렇지 않아요? 그런데 저에게는 그런 끈기가 없는 것 같아요. 게다가 저는 착실한 모범생도 아니었어요. 그래서 학교를 그만두는 것도 전혀 아쉽지 않았지요. 그리고 미국의 학교는 더 엄격할 것 같은데요. 저는 영어를 거의 못 해요. 더구나 여기 미국 사람들은 이방인에 대해 무척 적대적인 걸로 알고 있어요."

"벌써 그런 일을 겪었소? 그러면 좋소. 이제 당신은 내 편이오. 알다시피 우리는 독일 배를 타고 있잖소. 이 배는 함부르크―아메리카 해운 소속이오. 그런데 왜 사람은 전부가 독일 선원들이 아니지? 왜 일등기관사는 루마니아 사람일까? 그의 이름은 슈발이라고 하오. 도저히 믿을 수 없는 얘기지. 그 건달이 독일 배에서 우리 독일 사람들을 혹사시키다니!"

그는 숨이 차서 헐떡거리며 손으로 부채질을 했다.

"내가 그저 불평만 늘어놓는다고 오해는 마시오. 당신이 아무 힘도 없는 가엾은 청년에 지나지 않는다는 것은 잘 알고 있소. 하지만 너무 화가 난단 말이오!"

그는 주먹으로 탁자를 여러 번 내리치면서 주먹에서 눈길을 떼지 않았다.

"나는 이미 수많은 배에서 일을 해왔소."

그는 스무 개의 배 이름을 마치 한 단어인 양 쭉 읊었다. 카를은 머리가 빙빙 돌 지경이었다.

"일을 잘해서 상도 받아봤고, 선장의 마음에 드는 일꾼이라 같은 배에서 몇 년이나 일을 하기도 했다오."

그는 마치 그때가 인생의 절정이었다는 듯이 벌떡 일어섰다.

"그런데 모든 게 규칙으로 정해져 있는 낡아빠진 이 배에서는 도무지 재미라고는 없고, 나는 아무 쓸모도 없게 되었소. 여기서는 항상 내가 슈발에게 방해만 되고 있지. 게으르게 굴어 쫓겨나도 마땅할 판인데도 무슨 영문인지 관대하게 보수를 꼬박꼬박 받고 있다오. 왜 그런지 알겠소? 나는 모르겠소."

"그런 일을 당해서는 안 됩니다."

카를이 흥분해서 말했다. 그는 미지의 대륙 해안에 닿아 있는 배의 불안정한 바닥 위에 있다는 느낌조차 거의 잊어버리고 있었다. 그만큼 화부의 침대는 편안했다.

"선장에게 가보셨어요? 선장에게 가서 당신의 권리를 찾으려 해보셨나요?"

"어유, 가시오. 차라리 가는 게 좋겠소. 더 이상 당신을 여기에 계속 있으라고 할 생각이 없어졌소. 내가 하는 말은 듣지도 않고 충고부터 하려고 드는군. 내가 선장을 찾아가 뭘 한단 말이오!"

　화부는 피곤한 듯 다시 자리에 털썩 앉아 두 손에 얼굴을 묻었다.

　'이보다 더 나은 충고는 없겠죠.'

　카를은 생각했다. 그리고 기껏 해봐야 어리석은 것으로 받아들여질 충고 따위나 하느니 차라리 가방을 찾으러 가는 게 낫겠다고 생각했다. 아버지는 그에게 마지막으로 가방을 넘겨주면서 "네가 가방을 얼마나 오래 간직하고 있으려나?"라고 농담을 던졌었다.

　이제 그 비싼 가방은 정말로 찾을 수 없을 것이다. 유일한 위안이 있다면 아버지가 아무리 알고 싶어한들 그의 현재 상태에 대해서는 알 수 없다는 사실이었다. 한 가지, 그가 뉴욕에 도착했다는 소식이라면 동행한 사람들이 전해줄 수 있을 것이다. 하지만 카를은 가방 속에 든 물건들을 거의 사용하지 않았다는 것이 안타까웠다. 예를 들면 속옷이라도 진작에 갈아입었어야 했던 것이다. 결국 쓸데없이 아껴둔 꼴이 되고 말았다. 이제 새로운 인생을 시작하는 마당에 깨끗하게 옷을 차려입고 나타나야 할 터인데, 그러기는커녕 더러운 속옷을 입고 나설 수밖에 없는 것이다. 그것만 아니라면 가방을 잃어버린 일은 그리 불쾌하지도 않았을 것이다. 그가 입고 있는

양복이 가방 속에 있는 것보다 더 좋은 옷이었기 때문이다. 가방 속에 든 옷은 여벌로 챙긴 것으로 여행을 떠나기 직전까지 어머니가 수선해야 했던 옷이다. 문득 그는 가방에 어머니가 특별히 넣어준 베로나 소시지가 생각났다. 카를은 그것을 아주 조금밖에 먹지 않았다. 여행 중에는 입맛도 없었고 삼등 선실에 제공되는 수프로도 충분했기 때문이다. 그런데 지금 소시지가 있으면 화부에게 선물로 주었을 텐데 아쉬웠다. 그런 사람들은 사소한 것으로도 쉽게 마음이 동하기 때문이다. 카를은 그 사실을 아버지를 통해 알게 되었다. 아버지는 장사와 관계되는 아랫사람들에게 담배를 나누어주어 환심을 사곤 했다. 카를이 이제 선물로 줄 만한 것은 돈밖에 없었다. 그렇지만 이미 가방을 잃어버렸으니 당장은 그 돈에 손을 대지 않을 작정이었다. 그의 생각은 다시 가방으로 돌아왔다. 여행 중에는 잠을 설치면서까지 지켰던 바로 그 가방을 그토록 쉽게 잃어버린 것이 너무도 어이가 없었다. 지난 닷새 동안의 밤이 떠올랐다. 그때 그의 왼쪽으로 침상 두 칸 건너 앞에 작은 슬로바키아인이 있었다. 카를은 그가 자기 가방을 노리고 있다는 의혹을 늘 품고 있었다. 그 슬로바키아 사람은 카를이 지쳐 깜박 잠이 들 때만을 기다리고 있다가, 낮에 항상 가지고 놀며 장난치던 긴 막

대기를 이용해 가방을 제 쪽으로 끌어당기려 했다. 그 슬로바키아 사람은 낮에는 더없이 순진해 보였으나, 밤만 되면 때때로 침상에서 몸을 일으켜 카를의 가방을 슬픈 눈으로 넘겨다보곤 했다. 카를은 그 사실을 분명히 알 수 있었다. 왜냐하면 이민자의 불안 심리로 인해 꼭 누군가 간간이 불을 밝혔기 때문이다. 배의 규칙상 불을 켜는 일이 금지되어 있었지만 그래도 사람들은 불을 밝히고 이민국에서 준 이해하기 어려운 안내서를 해석해보려고 애썼다. 그런 불빛이 가까이 있을 때 카를은 조금이나마 졸수 있었다. 그러나 불빛이 멀리 있거나 완전히 깜깜할 때는 눈을 바짝 뜨고 있어야 했다. 그 긴장감 때문에 카를은 완전히 지쳐버렸다. 그런데 이제 그마저 헛된 일이 되어버리다니. 부터바움이라는 자, 어디서든 만나기만 해봐라!

그 순간, 멀리 밖에서 어린아이의 발소리 같은 짧고 작게 뚜벅거리는 소리가 지금까지의 더없이 고요한 정적을 깨고 들려왔다. 그 소리는 점점 강하게 울리며 가까이 다가왔는데, 남자들의 안정된 행진 소리였다. 그들은 좁은 복도에서 으레 그러듯이 일렬로 가는 것이 분명했으며, 무기 같은 것이 덜그럭거리는 소리가 들렸다. 카를은 침대 속에서 가방과 슬로바키아 사람에 대한 온갖 걱정으

로부터 해방되어 몸을 쭉 뻗고 거의 잠이 들려던 참이었다. 깜짝 놀라서 벌떡 일어난 카를은 화부의 주의를 일깨우려 그를 쿡 찔렀다. 행렬의 선두가 바로 문 앞에까지 다다른 것 같았기 때문이다.

"저들은 악단이오."

화부가 말했다.

"위에서 연주를 마치고 이젠 짐을 꾸리러 가는 거요. 이제 다 끝났으니 우리도 가도 되오. 자, 갑시다!"

그는 카를의 손을 잡고 마지막으로 침대 위의 벽에 걸린 액자에서 성모마리아 초상을 떼어내 윗옷 주머니에 쑤셔 넣었다. 그리고 가방을 들고 카를과 함께 서둘러 선실을 나왔다.

"지금 사무실에 가서 윗분들에게 내 의견을 말해야겠소. 승객이 다 내렸으니 사정을 볼 것도 없지."

화부는 이 말을 여러 가지 톤으로 반복하면서 걷다가 통로를 가로지르는 쥐를 밟으려 했다. 그러나 쥐는 잽싸게 때마침 다다른 구멍 속으로 쏙 들어가 버렸다. 그는 동작이 아주 느렸다. 긴 다리를 가졌지만, 너무 무거운 탓이었다.

그들은 조리실을 지나갔다. 그곳에는 여자 몇 명이 더러운 앞치마를 두르고―그들은 일부러 구정물을 튕겨 앞치마를 더럽혔다—커다란 통에 그릇을 넣어 설거지를 하고 있었다. 화부는 리네라는 여자를 외쳐 부르더니 팔을 그녀의 엉덩이에 두르고 얼마간 같이 걸어갔다. 여자는 그의 팔에 안겨 연방 애교를 부렸다.

"지금 돈을 받으러 갈 건데, 같이 가려나?"

그가 물었다.

"뭣 때문에 수고스럽게 가? 돈을 이리로 갖다 줘."

그녀는 대답하며 그의 팔에서 살짝 빠져나와 달아났다.

"어디서 그렇게 예쁜 소년을 낚았어?"

그녀는 다시 외쳤다. 그러나 대답을 들으려는 것은 아니었다. 여자들이 하던 일을 멈추고 모두 까르르 웃는 소리가 들렸다.

그들은 계속 걸어 윗부분에 작은 박공이 달린 문에 이르렀다. 금박을 씌운 자그마한 여인 상이 박공을 받치고 있었다. 배의 설비치고는 매우 사치스러워 보였다. 카를은 이 근처에는 한 번도 와본 적이 없다는 것을 알아챘다. 이 구역은 항해 중에 일등석이나 이등석 승객을 위해 마련된 곳 같았고, 지금은 배를 대청소하느라 칸막이 문을 밀쳐놓은 모양이었다. 그들은 실제로 어깨에 빗자루를 멘 남자들을 몇 명 만났는데, 그들은 지나가는 화부를 보고 인사를 건넸다. 카를은 배의 거대한 규모에 놀랐다.

그가 삼등 선실에 있을 때는 물론 알 수 없던 것이었다. 복도를 따라 전깃줄이 이어져 있었고, 작은 종소리가 끊이지 않고 들렸다.

화부는 공손하게 문을 두드렸다. "들어오시오"라는 소리가 들리자 그는 카를에게 겁먹지 말고 들어가라고 손짓했다. 카를은 방에 들어갔지만 입구에 서 있었다. 그는 선실에 있는 세 개의 창으로 파도를 바라보았다. 파도의 즐거운 출렁임을 관찰하자니, 마치 닷새 동안 바다를 계속 보지 못하기라도 한 것처럼 그의 마음이 뛰었다. 거대한 배들이 서로 비껴가며 배의 무게가 허락하는 만큼 멀리 물결을 출렁이고 있었다. 눈을 가늘게 뜨고 내다보면 그 배들은 순전히 무게에 의해서 흔들리는 것같이 보였다. 돛대에는 좁고 기다란 깃발이 달려 있었다. 항해 중이라 깃발이 팽팽하게 펴져 있긴 해도 가끔씩 펄럭였다. 전함에서 쏘는 것인지 예포 소리가 들렸다. 그리 멀지 않은 거리에서 지나가는 전함의 강철로 된 포신들이 빛을 반사하는 모양이 배가 기우뚱거리는 것처럼 보였다. 안전하고 매끄럽게 움직이긴 하지만 수평이 맞지 않는 항해로 인한 것이었다. 문 앞에 서서 보는 한, 작은 배와 보트들은 아주 멀찍이서만 볼 수 있었다. 여러 척의 작은 배는 거대한 배 사이에 열린 물길 속으로 미끄러져 들어가고 있었다. 그런 모든 광경 뒤로 뉴욕이 서 있었고, 우뚝 솟은 고층 건물들에 달린 수십만 개의 창문이 카를을 보고 있었다. 그렇다, 이 선실에서 카를은 자신이 어디에 와 있는지 알 수 있었다.

원탁에 신사 세 명이 앉아 있었다. 한 사람은 푸른색 선원 제복을 입은 승무원이었고, 다른 두 사람은 항만청 직원으로서 검은 미국식 제복을 입고 있었다. 탁자 위에는 여러 가지 문서가 층층이 쌓여 있었는데, 승무원이 다른 두 사람에게 넘겨주기 위해 펜을 쥐고 먼저 서류를 훑어보았다. 그러고 나면 두 사람은 그것을 지체 없이 읽고, 바로 내용을 발췌하고, 곧 서류 가방에 집어넣었다. 혹은 두 사람 중 끊임없이 이 사이로 작은 소리를 내는 사람이 동료에게 문서 내용 중에 뭔가를 받아쓰도록 읽어줄 때도 있었다.

창가에 있는 책상 앞에는 자그마한 신사가 문을 등지고 앉아 있었다. 그는 머리 위에 있는 튼튼한 선반에 줄지어 늘어선 커다란 장부를 들여다보고 있었다. 그의 옆에는 금고가 열려 있었는데, 얼핏 보기에 비어 있는 것 같았다.

두 번째 창문은 훤하게 트여 바깥 경치가 썩 잘 보였다. 그러나 세 번째 창문 근처에는 두 신사가 서서 작은

소리로 대화를 나누고 있었다. 그중에 선원 제복을 입은 한 신사는 창문에 기대어 칼자루를 만지작거리고 있었다. 그와 대화를 나누는 사람은 창을 향해 서 있었는데 그가 움직일 때마다 상대방의 가슴에 나란히 달린 훈장이 언뜻언뜻 보였다. 그는 일반 시민이었고 가느다란 대나무 지팡이를 가지고 있었다. 그런데 그가 두 손을 허리춤에 꼭 대고 있어 지팡이가 마치 칼처럼 비쭉 솟아 있었다.

카를은 모든 것을 일일이 살펴볼 시간이 많지 않았다. 곧 하인이 그들에게로 다가와 화부에게 그가 올 데가 아니라는 눈빛으로 무슨 일이냐고 물었기 때문이다. 화부는 하인과 같이 나지막한 목소리로 경리부장과 얘기를 하고 싶다고 대답했다. 하인은 그런 청이라면 들어줄 수 없다는 뜻으로 손을 저었으나, 그러면서도 발끝으로 가만가만히 원탁을 빙 돌아 커다란 장부를 보고 있는 신사에게로 갔다. 그 신사는 하인이 하는 말에 깜짝 놀라면서도—분명히 보였다—면담을 원하는 사람 쪽으로 몸을 돌렸다. 그러고는 화부에게 단호히 거절하며 손을 저었다. 그리고 확실하게 해두기 위해 하인에게도 손을 저었다. 하인은 화부에게로 돌아와 뭔가 당부하는 어조로 말했다.

"즉시 방에서 나가주세요!"

화부는 대답을 듣고 카를을 아래로 내려다보았다. 마치 카를이 말없이 하소연하는 자신의 마음이라도 되는 듯이. 카를은 여러 생각 할 것도 없이 승무원이 앉은 의자를 스치기까지 하며 방을 가로질러 달려갔다. 하인은 마치 벌레를 잡기라도 하듯 몸을 구부리고 그를 향해 두 팔을 벌리고 뛰어나왔다. 그러나 경리부장의 탁자로 먼저 도착한 사람은 카를이었다. 거기서 그는 하인이 끌어내리려 할 경우에 대비해 탁자를 꽉 붙들었다.

방 전체가 곧 떠들썩해진 것은 물론이었다. 탁자에 앉아 있던 승무원은 벌떡 일어났고, 항만청의 사람들은 조용하지만 주의 깊게 지켜보고 있었다. 창가에 있던 두 신사는 나란히 앞으로 나왔다. 하인은 이미 높은 분들이 관심을 갖기 시작한 자리에 계속 있을 수 없다고 여겼는지 뒤로 물러났다. 문 앞에 서 있는 화부는 자기가 필요한 순간이 올 것을 고대하며 바짝 긴장하고 있었다. 경리부장이 마침내 의자에 앉은 채 몸을 오른쪽으로 획 돌렸다.

카를은 사람들에게 내보이는 것은 아랑곳하지 않고 비밀 주머니를 뒤져 여권을 꺼낸 후에 자기를 소개하는 대신으로 그것을 탁자 위에 올려놓았다. 경리부장은 그의 여권을 대수롭지 않게 여기는 것 같았다. 여권을 두 손가

락으로 튕겨 옆으로 밀어낸 것이다. 카를은 그것으로 절차가 처리된 것으로 알고 만족스럽다는 듯이 여권을 다시 집어넣었다.

"말씀을 드려도 된다면"

그가 입을 열기 시작했다.

"제 생각에는 화부 어른에게 부당한 일이 일어난 것 같습니다. 이 배의 슈발이라는 자가 그를 궁지에 빠뜨렸습니다. 화부 어른은 이미 많은 배에서 일을 해왔습니다. 당장이라도 자신이 일한 배의 이름을 모두 댈 수 있으며, 그 수많은 배에서 완벽하고 만족스럽게 일했습니다. 열심히 일했고, 자신의 일을 좋아했습니다. 그런데 범선에서처럼 일이 그렇게 과도하게 어렵지 않은 이 배에서는 왜 그가 마음을 잡지 못하는지 도무지 알 수가 없습니다. 이것은 아마도 그의 승진을 가로막고, 인정도 받지 못하도록 하는 모함 때문인 것 같습니다. 그렇지 않고서야 이럴 수는 없을 겁니다. 저는 단지 이 일에 대한 일반적인 이야기만 했을 뿐입니다. 저분의 특별한 고충은 본인이 직접 말씀드릴 것입니다."

카를은 자리에 있는 모든 신사를 향해 말했다. 실제로 모두들 듣고 있었고, 경리부장이 부디 공정하기만을 바라는 것보다는 모여 있는 사람들 중에 하나쯤은 있을 공

정한 사람을 기대하는 것이 더 나았기 때문이다. 그 외에
카를은 화부를 알게 된 지 얼마 되지 않았다는 사실은 영
리하게 숨겼다. 그가 서 있는 자리에서 처음으로 보게 된
대나무 지팡이를 든 신사의 상기된 얼굴 때문에 갑자기
당황하지만 않았어도 훨씬 더 말을 잘했을 것이다.

"말 한 마디 한 마디가 다 옳습니다."

화부는 누가 묻기도 전에, 아니 누가 쳐다보기도 전에
먼저 말을 꺼냈다. 만일 훈장을 단 사람이 화부의 말을
들어주려고 마음먹지 않았다면 화부의 이런 성급함은 큰
실수가 되었을 것이다. 지금 카를이 보니 훈장을 단 사람
이 선장이라는 생각이 들었다. 그는 손을 뻗으며 화부에
게 외쳤다.

"이리 오시오!"

단번에 끝내겠다는 단호한 목소리였다. 이제는 모든
것이 화부의 태도에 달려 있었다. 그가 정당하다는 것에
대해 카를은 조금도 의심하지 않았다.

다행히도 이 기회로 화부가 두루두루 세상 경험이 많
다는 것이 밝혀졌다. 그는 아주 침착하게 작은 가방에서
서류 뭉치와 수첩을 꺼내 경리부장은 완전히 무시하고
직접 선장에게 가 그 증거물을 창틀 위에 펼쳐놓았다. 이
제 경리부장이 직접 그리로 자리를 옮기는 수밖에 도리

가 없었다.

"이자는 불평이 많기로 유명하지요."

경리부장이 해명했다.

"이 사람은 기관실에 있는 시간보다 경리실에 있는 시간이 더 많습니다. 이자는 차분한 슈발을 절망으로 몰아넣었지요. 이봐요!"

이어 그는 화부를 향했다.

"당신의 집요함이 실로 정도를 넘어선 것 같군요. 당신, 지금까지 몇 번이나 경리실에서 쫓겨났소? 터무니없는 부당한 요구를 얼마나 해댔는가 말이오! 거기서 쫓겨나면 당신은 또 곧장 중앙 회계실로 뛰어들어 왔잖소! 슈발이 당신의 직속상관이니 그와 타협을 보라고 좋은 말로 몇 번이나 얘기했소! 그런데 이제는 여기 선장님께서 계신 자리에까지 들어와 결국 선장님까지 괴롭히다니 부끄럽지도 않소? 그것도 모자라 뻔뻔스런 고발을 한답시고 이런 어린아이를 대변인으로 데리고 오는 짓도 서슴지 않는군요. 난 배에서 이 아이를 지금 처음 봅니다!"

카를은 확 대들고 싶은 것을 겨우 참았다. 그러나 이미 선장이 나서서 말했다.

"이 사람의 말을 다시 들어봅시다. 슈발도 갈수록 점점 멋대로 굴고 있는 것 같으니. 그렇다고 당신 편을 들 생각은 전혀 없소."

마지막 말은 화부에게 한 말이었다. 선장이 그를 위해
당장에 조치를 취할 수 없는 것은 당연하지만 그래도 모
든 게 잘되어 가고 있는 것 같았다. 화부는 자신의 입장
을 해명하기 시작했다. 감정을 잘 조절하여 처음부터 슈
발에게 '씨' 라는 존칭을 붙여 말했다. 카를은 어찌나 기
쁘던지 경리부장이 떠난 책상 앞에서 우편 저울을 계속
눌러댔다. 슈발 씨는 부당하다! 슈발 씨는 외국인을 선호
한다! 슈발 씨는 화부를 기관실에서 내쫓아 화장실 청소
를 시켰다. 그런데 그 일은 화부가 할 일이 아니지 않은
가! 게다가 슈발 씨의 유능함에 대해서도 한 번쯤은 의심
을 해보아야 한다. 그의 능력은 실제보다 그럴싸하게 보
이는 것이다. 이 말에 이르자 카를은 선장을 마치 자신의
동료나 되는 듯 다정스럽게 쳐다보았다. 그래야만 화부
의 변변치 못한 말솜씨 때문에 일이 불리하게 되지 않을
것 같았다. 화부가 늘어놓는 수다스러운 이야기에 핵심
이 되는 내용은 없었다. 비록 선장은 계속 앞을 바라보며
이번만큼은 화부의 이야기를 끝까지 들어주겠다는 결의
를 눈에 담고 있었지만, 다른 사람들은 이미 참을성을 잃
어가고 있었다. 그리고 화부의 목소리는 곧 그 방 안에서
절대적인 힘을 행사할 수 없었다. 가장 먼저 평복 차림의

신사가 대나무 지팡이를 만지작거리더니, 그것으로 바닥을 톡톡 두드렸다. 물론 다른 신사들이 여기저기서 그쪽을 쳐다보았다. 분명 일이 급해 보이는 항만청 사람들은 조금 멍청한 상태였지만 다시 서류를 들고 쭉 읽어나가기 시작했다. 승무원은 탁자 가까이로 다가앉았다. 그리고 자기가 이겼다고 생각하는 경리부장은 비꼬는 뜻으로 한숨을 푹 내쉬었다. 모두들 산만해진 가운데 오직 하인만은 그렇지 않았다. 그는 상관 밑에 고용된 불쌍한 남자의 처지에 얼마간 연민을 느끼고 있었다. 그는 카를에게 진지하게 고개를 끄덕여 보임으로써 뭔가 해명해주려는 것 같았다.

그 사이에 창밖에서는 항구의 생활이 계속되고 있었다. 통을 가득 실은 납작한 화물선이 지나갔다. 통들은 굴러 떨어지지 않도록 교묘하게 쌓아 올려져 있었다. 화물선이 지나가며 방을 어둡게 만들었다. 시간이 있다면 카를이 자세히 들여다봤을 작은 모터보트도 보였다. 모터보트는 한 손으로 핸들을 잡고 서 있는 사람의 손에 부르르 경련을 일으킨 후, 요란한 소리를 내며 똑바로 쏜살같이 달려갔다. 출렁거리는 물속에서 여기저기 이상한 물체가 둥실 떠올랐다가 어느새 놀란 카를의 눈앞에서 파도 속으로 가라앉았다. 원양선의 보트들이 열심히 노

를 젓는 선원들에 의해 앞으로 나가고, 보트 안에 가득 든 승객들은 기대에 차서 조용히 앉아 있었다. 그래도 어떤 사람들은 자꾸만 변하는 광경에 따라 고개를 이리저리 돌리기를 멈추지 못했다. 끊임없는 움직임, 불안. 의지할 데 없는 사람들과 그들의 행위에 불안의 요소가 퍼지고 있었다!

모두들 화부에게 빨리, 분명하게, 아주 정확하게 설명하라고 재촉했다. 그런데 화부는 어떻게 하고 있는가? 그는 물론 땀을 뻘뻘 흘리며 말하고 있었는데, 손이 떨려 창틀에 얹어놓은 서류를 잡지도 못하고 있었다. 사방에서 슈발에 대한 불만이 넘쳐나니 카를의 생각으로는 그 사실 하나만으로도 슈발을 완전히 매장시키기에 충분할 것 같았다. 그런데도 화부가 선장에게 얘기하는 것은 고작 모든 일을 뭉뚱그려놓은 딱한 이야기일 뿐이었다. 대나무 지팡이를 든 신사는 아까부터 천장을 올려다보며 휘파람을 불고 있었고, 항만청 관리들은 자기들의 탁자 앞에 승무원을 앉혀놓고 다시는 그를 놓아주지 않겠다는 표정을 짓고 있었다. 경리부장은 선장의 침착한 태도로 인해 한발 물러섰고, 하인은 잔뜩 긴장한 채로 화부에 대한 선장의 지시를 매순간 기다리고 있었다.

카를은 이대로 방관하고 있을 수 없었다. 그래서 사람

들이 있는 곳으로 서서히 다가갔다. 일을 최대한 훌륭하게 처리하는 방법을 생각할수록 걸음이 빨라졌다. 실제로 상황이 막바지에 다다라 시각이 아주 촉박했다. 잘하면 두 사람은 원하는 결과를 안고 사무실을 나갈 수도 있을 것이다. 선장은 참으로 좋은 사람인 것 같았다. 그리고 바로 이 순간에 그가 정당한 상관임을 드러내는 어떤 특별한 이유라도 있는 것 같은 생각이 들었다. 하지만 그도 결국 완전히 다룰 수 있는 도구는 아니었다. 그런데 지금 화부는, 물론 한없이 복받치는 분통 때문이긴 하지만, 선장을 그런 식으로 취급하고 있었다.

마침내 카를은 화부에게 말했다.

"좀 더 간결하고 명료하게 얘기하세요. 지금처럼 얘기해서는 선장님께서 인정하실 수가 없을 겁니다. 선장님께서 모든 기관사와 급사의 이름이나 세례명을 다 아시겠어요? 그런데 당신은 계속 그런 이름만 대고 있으니 누구를 두고 하는 얘긴지 어떻게 아시겠습니까? 겪고 있는 어려움을 정리하세요. 그중에 가장 중요한 것을 앞세우고 그 다음에 다른 것을 얘기하는 식으로 순서를 정하세요. 그러면 대부분이 얘기할 필요조차 없어질 거예요. 저에게 말할 때는 늘 그렇게 명료하게 말씀하셨잖아요!"

그는 미국에 가방을 훔치는 사람이 있다면, 가끔은 거

짓말을 해도 될 거라고 마음속으로 변명했다.

이 말이 그에게 조금이라도 도움이 될 수 있으면 좋으련만! 이미 너무 늦어버린 것은 아닐까? 화부는 자기가 알고 있는 목소리를 듣자마자 말을 멈추었다. 그러나 그는 모욕당한 자존심, 끔찍한 기억과 현재의 곤궁으로 눈에 가득 눈물이 고여 있어 카를을 알아보지도 못했다. 이제 그는 어떻게 해야 한단 말인가. 카를은, 아무 말 없이 서 있는 사람을 잠자코 쳐다보았다. 이제 와서 갑자기 말투를 바꾼다고 무엇이 달라질까. 카를에게는 마치 그가 말했던 모든 것이 눈곱만큼의 인정도 받지 못한 것으로 보였다. 한편으로는 그가 아무것도 말하지 않은 것 같기도 했다. 하지만 그렇다고 지금 신사들에게 모든 얘기를 다시 들어달라고 요구할 수도 없는 노릇이었다. 이런 때에 유일한 지지자인 카를이 와서 그에게 해준 좋은 충고는 도움이 되기는커녕 오히려 모든 일을 망쳤다는 것을 그에게 알려주는 결과가 되고 말았다.

"창밖을 내다보지 말고 좀 더 일찍 나섰으면 좋았을걸."

카를은 혼잣말을 하며 화부 앞에서 고개를 숙이고 두 손으로 양복바지의 솔기를 툭툭 쳤다. 모든 희망이 사라졌다는 표시였다.

그러나 화부는 그것을 오해하고 카를이 속으로 자책을
하고 있다고 지레짐작했다. 그래서 그러지 말라는 좋은
의도로 이제는 카를과 싸우기 시작했다. 그가 하는 행동
의 절정이었다. 원탁에 앉은 사람들은 지금껏 쓸데없는
소음으로 중요한 일에 방해가 되었다며 잔뜩 화를 냈다.
경리부장은 슬슬 선장이 참고 있는 것이 이해가 되지 않
는다고 생각하고 당장이라도 화통을 터뜨릴 기세였다.
하인도 완전히 상관의 편으로 돌아가 화난 시선으로 화
부를 빤히 쳐다보았고, 선장은 때때로 대나무 지팡이를
든 신사를 다정한 시선으로 넘겨다보았다. 그러나 신사
는 화부에 대해 완전히 무감각해졌을 뿐만 아니라 짜증
까지 나서 아까부터 작은 수첩을 꺼내 들고 다른 일에 몰
두하고 있었다. 그의 시선은 수첩과 카를을 이리저리 번
갈아 보고 있었다.

　　"알아요, 저도 잘 안다니까요."

　　카를이 말했다. 카를은 이제 자기에게로 덮친 화부의
거센 공격의 파도를 막느라 애를 먹고 있었다. 그럼에도
불구하고 그는 온갖 말다툼 중에도 다정한 미소를 보내
는 여유를 보였다.

　　"당신이 옳아요. 옳다고요. 그 점에 대해 저는 조금도
의심하지 않아요."

그는 화부가 휘두르는 두 손에 맞을까 두려워 그 손을 부여잡고 구석으로 그를 몰고 가서 다른 사람은 들을 수 없도록 나지막하고 조용한 몇 마디를 속삭이고 싶었다. 그러나 화부는 미쳐 날뛰고 있었다. 카를은 이제 화부가 불가피한 경우에 절망에서 솟은 힘으로 이 자리에 있는 일곱 남자 모두를 제압할 수도 있겠다는 생각을 하며 일종의 위안까지 느꼈다. 그 외에도 얼핏 보니 책상 위에는 전선이 연결된 단추가 아주 많이 달린 판이 놓여 있었다. 그 단추를 한 손으로 누르기만 해도 배 안에 있는 화부의 적대자들이 복도에 가득 몰려와 폭동을 일으킬 수도 있을 것 같았다.

그때 아무런 관심도 보이지 않던 대나무 지팡이를 든 신사가 카를에게 다가와 그리 크지 않지만 화부가 고래고래 외치는 소리보다 더 또렷한 목소리로 물었다.

"당신은 이름이 뭡니까?"

그 순간 신사가 이 말을 하기만 기다렸다는 듯이 문 뒤에서 노크 소리가 들렸다. 하인은 선장을 쳐다보았고, 선장은 고개를 끄덕였다. 그러자 하인이 달려가 문을 열었다. 밖에는 낡은 예복을 입은 중간 체격의 남자가 서 있었다. 그의 모습은 기계를 다루는 일에 적합하지 않은 사람처럼 보였지만, 그가 바로 슈발이었다. 카를은 선장은 물론 모든 사람의 눈빛에서 뚜렷한 만족감이 나타나는 것을 보았다. 만일 그때 카를이 화부를 보았더라면 아마 깜짝 놀랐을 것이다. 화부는 두 팔을 쭉 뻗어 주먹을 불끈 쥐고 있었다. 마치 그 주먹이 자신에게 가장 중요한 것인 양, 그 주먹에 인생 전부를 희생할 각오가 되어 있는 듯이 보였다. 주먹 속에는 그를 유지시켜주는 그의 모든 힘이 들어 있었던 것이다.

그리고 거기에 적이 있었다. 슈발은 말끔하게 예복을 입고, 옆구리에는 화부의 임금 지불 목록과 업무 보고서 같이 보이는 장부를 끼고 있었다. 그는 우선 사람들의 심중을 일일이 파악하기 위해 태연하게 모든 사람의 눈을 차례차례 들여다보았다. 일곱 신사는 이미 그의 친구들이었다. 비록 선장이 전에는 그에 대해 반감을 가졌거나, 혹은 그저 겉으로 그런 척했는지도 모를 일이었다. 어쨌든 화부에게 그만큼 시달리고 나니 슈발에게는 조금도 비난할 게 없는 것 같았다. 화부 같은 사람에게는 아무리 엄하게 대해도 모자라는 것이었다. 슈발에게 뭔가 비난할 게 있다면, 시간이 지나는 동안에도 화부의 반항 기질을 꺾지 못함으로써 오늘 선장 앞에까지 감히 나타나도록 한 것이었다.

어쩌면 이제 이렇게 가정해볼 수도 있을 것이다. 화부

와 슈발의 대립은 이들에게 더 높은 법정에서 만난 당사자들이 갖게 될 효과를 미칠 수 있을지도 모른다. 왜냐하면 슈발이 위장을 잘했을 수도 있겠지만 감추고 있는 뭔가가 있다면 그것을 끝까지 숨길 수는 없을 것이기 때문이다. 그의 악행이 조금만 비쳐도 높은 사람들이 그것을 알아채기는 충분할 것이었다. 그래서 카를은 벌써 그렇게 하려고 했다. 게다가 그는 이미 높은 사람들의 예리함, 약점, 변덕을 대략 알게 되었다. 그런 관점에서 보면 지금까지 여기서 보낸 시간이 헛된 것은 아니었다. 다만 화부가 좀 더 빈틈없이 준비가 되어 있었으면 좋았을 텐데. 그러나 그는 싸울 능력을 완전히 상실한 것같이 보였다. 만일 그를 슈발과 싸우게 한다면 미운 놈의 머리통을 주먹으로 몇 대 두드릴 수나 있을까. 그러나 이미 화부는 슈발에게 몇 걸음 다가가는 것조차 힘든 형편에 있었다. 비록 슈발이 자진해서 나서지 않더라도 결국에는 선장이 불러서 이 방에 올 것이라는 너무나 뻔한 사실을 카를은 어째서 예상하지 못했던 것일까? 왜 그는 화부와 이리로 오면서 분명한 전략을 의논하지 않고, 그 대신 지금 실제로 벌어진 일과 같이 아무것도 준비를 하지 않은 채 문을 열고 들어왔던 걸까? 과연 화부는 반대신문이 있을 경우에 "예"와 "아니오"라는 말이나 할 수 있을까? 반대신문은 아무리 정세가 유리하게 돌아가고 있을 때라도 필요하기 마련이 아닌가? 화부는 저기서 불안한 무릎으로 두 다리를 벌린 채 머리를 약간 쳐들고 서 있었다. 그리고 마치 내부에서 폐가 작동을 멈춘 것처럼 크게 벌어진 입으로 공기가 들락거리고 있었다.

그런데 카를은 아주 원기 왕성하고 정신이 맑은 느낌이 들었다. 아마 집에서는 한 번도 그런 적이 없던 것 같았다. 만일 부모님이 낯선 나라에서 높은 사람들을 앞에 두고 선을 위해 투쟁하는 그의 모습을 보실 수만 있다면 얼마나 좋을까. 비록 아직 승리를 이끌어내지는 못했지만 최후의 정복을 위해 만반의 준비를 갖추고 있지 않은가! 그러면 부모님은 그에 대한 생각을 고치시지 않을까? 그를 두 분 사이에 앉혀놓고 칭찬을 해주실까? 한 번, 단 한 번만이라도 애착이 가득한 그의 눈을 바라봐주실까? 이는 불확실한 질문이었고, 지금은 이런 생각을 하기에 적절치 않은 순간이었다!

"저는 화부가 저에게 부당한 일을 뒤집어씌울 거라고 생각했기 때문에 이리로 왔습니다. 부엌에 있는 처녀가 그가 이리로 오는 것을 보았다고 하더군요. 선장님, 그리고 여기 계신 모든 신사 여러분, 저는 제가 손에 들고 있는 서류를 통해서, 또 부득이한 경우에는 문밖에서 대기

하고 있는 공정하고 치우침이 없는 증인들의 진술을 통해서 저에 대한 부당한 비난에 반박할 모든 준비가 되어 있습니다."

슈발은 이렇게 말했다. 사나이의 명쾌한 발언이었다. 그리고 듣는 사람들의 표정에 그들이 오랜만에 다시 사람다운 소리를 듣는다고 여기는 듯한 빛이 떠올랐다. 그들은 이 훌륭한 발언에 허점이 있는 것은 물론 모르고 있었다. 왜 슈발에게 떠오른 첫 번째 사무적인 단어가 '부당한 일'이었을까? 혹시 여기서 그의 민족적 편견에 대해서가 아니라 부당한 비난에 대해 다루어야 하지 않을까? 부엌에 있는 처녀가 사무실로 가는 화부를 본 것으로 슈발이 즉시 일을 파악했다? 혹시 그의 이성을 날카롭게 만든 것은 죄의식 때문이 아니었을까? 게다가 증인들을 즉시 불러놓고, 그들을 공정하고 치우침이 없다고 말하고 있지 않은가? 사기, 틀림없이 사기다! 그런데 높은 분들은 그것을 참아주고 올바른 행동이라고 인정을 하다니? 어째서 그는 주방 여자의 보고를 듣고 여기에 도착할 때까지 그토록 시간을 지체했을까? 그것은 화부가 그사이에 윗사람들을 지치게 만들어, 명료한 판단력을 서서히 상실하게 하려는 목적이었을 뿐이다. 명료한 판단력이야말로 슈발이 가장 두려워하는 것이니. 그는 아까부터 문밖에 서 있다가 화부의 하소연과 상관없는 신사의 질문을 듣고 이제 화부가 끝장났다고 생각하고는 바로 그 순간에 문을 두드린 것이 아닌가?

모든 것이 분명했다. 물론 슈발의 의도는 이런 게 아니었지만 오히려 슈발 자신에 의해 사실이 또렷하게 밝혀진 것이다. 그러나 윗사람들에게 더 분명히 보여주어야 한다. 그들을 흔들어 깨워야 한다. 그러니 카를, 증인들이 나타나 모든 일을 엉망으로 만들어버리기 전에 서둘러 지금 이 시간을 잘 이용해!

그러나 그때 선장은 슈발을 손짓으로 제지했다. 그러자 슈발은―왜냐하면 그의 일이 관심사에서 약간 비켜난 것처럼 보였기 때문에―곧 옆으로 물러서서 대번에 그에게 동조를 하는 하인과 나지막이 대화를 나누기 시작했다. 그러면서 그는 곁눈질로 화부와 카를을 보는가 하면 자신만만한 손놀림을 빼놓지 않았다. 그렇게 슈발은 다음번의 위대한 연설을 연습하는 것 같았다.

"야코프 씨, 젊은이에게 뭔가 물어보려고 하지 않으셨습니까?"

선장이 다들 조용한 가운데 대나무 지팡이를 든 신사에게 말했다.

"그랬지요."

신사는 약간 고개를 숙여 배려해주어 고맙다는 표시로 인사를 했다. 그런 후에 카를에게 다시 한 번 물었다.

"당신 이름이 뭔가요?"

카를은 이 끈덕진 질문을 하는 돌발 사건을 즉시 매듭지어야 중요한 본론으로 관심이 돌아갈 것이라 생각했다. 그래서 평소의 습관대로라면 아까처럼 여권을 제시했겠지만 그러지 않고 아주 짧게 대답했다.

"카를 로스만입니다."

"세상에."

야코프라 불린 사람은 이렇게 말하고 처음에는 거의 믿을 수 없다는 듯한 미소를 띠며 뒤로 물러섰다. 뿐만 아니라 선장, 경리부장, 승무원과 심지어 하인까지 카를의 이름 때문에 대단히 놀라는 기색이었다. 항만청의 관리들과 슈발만이 무심한 태도를 보였다.

"세상에."

야코프 씨는 되뇌며 조금 뻣뻣한 걸음걸이로 카를에게 다가갔다.

"그러면 나는 너의 외삼촌 야코프이고, 넌 내 사랑하는 조카로구나. 내 아까부터 그런 느낌이 들더라고요!"

그는 선장에게 말하고 나서 카를을 껴안고 입을 맞추었다. 카를은 말없이 가만히 있었다.

"성함이 어떻게 되십니까?"

카를은 풀려난 것 같은 느낌이 들자 매우 공손하게, 그러나 아무런 감흥도 없이 물었다. 그는 이 새로운 사건이 어떤 결과를 불러일으킬지 예상하느라 온 신경을 바짝 집중하고 있었다. 일단 슈발이 이 일 때문에 유리해질 것 같지는 않았다.

"젊은 양반, 당신에게 큰 행운이라는 것을 알아야지요."

카를의 질문으로 야코프 씨의 품위가 손상되었다고 생각하는 선장이 말했다. 야코프 씨는 창가에 서서 사람들에게 흥분된 얼굴을 보이지 않으려고 손수건으로 가볍게 얼굴을 두드렸다.

"당신에게 본인이 외삼촌이라고 밝히신 분은 상원의원 에드워드 야코프 씨입니다. 당신이 지금껏 예상했던 것과는 달리 앞으로는 빛나는 인생 여정이 당신 앞에 펼쳐질 거요. 처음부터 분별력을 갖추도록 애쓰시오. 그리고 몸조심하고!"

"물론 미국에 야코프라는 외삼촌이 계시기는 합니다."

카를이 선장에게 말했다.

"그러나 제가 제대로 들었다면 야코프는 상원의원님의 성이지 않습니까."

"그렇지요."

선장이 흥미를 가지고 말했다.

"그런데 제 외삼촌 야코프는 어머니의 형제 분으로 세
례명이 야코프입니다. 그러니 성은 저의 어머니와 같아
야 할 텐데, 하지만 어머니의 성은 벤델마이어이시죠."

"여러분!"

상원의원이 카를의 설명을 듣고 외쳤다. 그는 창가에
서 잠깐 쉬면서 원기를 회복하고 되돌아왔다. 항만청 사
람들을 제외한 모두가 와하고 웃음을 터뜨렸다. 어떤 사
람은 감동적으로, 어떤 사람은 속마음을 알 수 없는 웃음
을 보였다.

'내가 한 말이 그렇게 우스웠나, 그럴 리가 없는데.'

카를은 생각했다.

"여러분."

상원의원이 다시 한 번 말했다.

"저와 여러분이 의도한 것은 아니지만 어쨌든 개인적
인 가족사의 일부를 들려드리게 되었습니다. 그래서 여
러분에게 설명을 드리려고 합니다. 왜냐하면 선장님께
서만—이야기 중에 선장이 언급되자 두 사람은 서로 가
볍게 인사를 나누었다—사정을 다 알고 계시기 때문입
니다."

"이제 정말로 한 마디 한 마디 말조심을 해야겠구나."

카를은 혼자 중얼거리며 곁눈질로 화부의 모습에서 기운이 되살아나기 시작하는 것을 보았다. 기뻤다.

"나는 오래전부터 미국에 체류하며 살아왔습니다. 체류라는 말은 물론 진심으로 미국 시민이 된 저에게는 적당하지 못한 말입니다. 그만큼 오랜 세월 동안에 나는 유럽에 있는 친척들과 연락을 끊고 떨어져 살았습니다. 그이유는 말씀드리지 않겠습니다. 무엇보다 그것이 여기에서 밝힐 내용도 아니고, 그 이유를 얘기한다는 것이 실로 내게 부담이 될 것 같아서입니다. 심지어 사랑하는 조카에게 꼭 이야기해야 하는 순간이 올까 걱정되기까지 합니다. 그러자면 유감스럽게도 그의 부모와 친척들에 대한 얘기를 어쩔 수 없이 공개해야 하기 때문이죠."

"저분이 내 외삼촌이시구나. 틀림없어. 아마도 외삼촌은 이름을 바꿔셔야 했나 보군."

카를은 혼잣말을 하며 열심히 귀를 기울였다.

"내 조카는 부모에게서―있는 그대로 솔직하게 얘기하겠습니다―한마디로 내쫓겼습니다. 마치 성질난 고양이를 냅다 문밖으로 내던지듯이 말이죠. 나는 그런 처벌을 받은 조카의 행위를 미화할 생각은 조금도 없습니다. 그러나 그가 저지른 잘못은 그저 말로 해도 충분히 용서

받을 수 있는 그런 것이었습니다."

'옳으신 말씀이야.'

카를은 생각했다.

'하지만 외삼촌이 사람들 앞에서 모든 얘기를 하는 것은 곤란하지. 게다가 그 일은 외삼촌이 알 수 없는 일 아냐? 대체 어떻게 알겠어?'

"말하자면 그는."

외삼촌은 말을 이으면서 몸을 약간 숙여 대나무 지팡이에 의지했다. 그럼으로써 이런 상황에 대개 따라붙는 불필요한 장중한 분위기를 덜어낼 수 있었다.

"조카는 요한나 부루머라는 서른다섯 살쯤 되는 하녀에게 유혹을 당했습니다. 나는 '유혹을 당했다'라는 말로 조카의 마음을 상하게 하려는 생각은 조금도 없습니다. 그러나 달리 적당한 단어를 찾기가 어렵군요."

이미 외삼촌 곁에 상당히 가까이 다가가 있던 카를은 자리에 있는 사람들이 이 이야기를 어떻게 받아들이는지 보려고 몸을 돌려 그들의 표정을 살폈다. 웃는 사람은 없었고, 모두들 진득하니 진지하게 듣고 있었다. 이처럼 사람들은 처음 주어진 웃을 기회에도 상원의원의 조카에 대해 웃지 않았다. 다만 화부가 아주 엷긴 했지만 카를을 보고 웃어 보였다. 그 이유는 첫째, 그가 생기를 되찾아

기쁜 마음에서였고 둘째, 지금 공개된 이 일에 대해 카를
이 선실에서는 완전히 비밀로 덮어두려 했던 행동을 용
서할 만하다는 뜻에서였다.

"하녀 부루머는."

외삼촌은 말을 계속했다.

"내 조카에게서 아이를 얻었는데, 건강한 아들이었습
니다. 세례명이 야코프라더군요. 분명히 나를 조금이나
마 염두에 두어 같은 세례명을 붙인 것일 겁니다. 조카가
그저 지나가는 말로 하녀에게 내 얘기를 한 것이 그녀에
게는 큰 인상을 남겼나 봅니다. 나로서는 다행스러운 일
이라고 하겠습니다. 조카의 부모는 양육비 지급을 피하
기 위해, 혹은 자기들에게도 나쁜 소문이 일어날까 두려
워─나는 그쪽의 법률과 부모의 태도에 대해 아는 것이
없음을 강조해 말씀드립니다─사랑하는 내 조카를 미국
으로 보내버렸습니다. 보시다시피 무책임하게 준비도 충
분히 해주지 않은 채 말입니다. 그 하녀가 나에게 편지를
보내, 그마저도 오랫동안 다른 데로 갔다가 그저께야 내
손에 들어오게 되었습니다만, 사건의 모든 이야기, 조카
의 신상과 더불어 현명하게도 배의 이름까지 알려주지
않았다면 이 젊은이는 이변이나 기적이 일어나지 않는
한 홀로 뉴욕 항구의 뒷골목에서 타락하고 말았을 것입

200 화부

니다. 여러분께서 흥미가 있으시다면 편지의 몇 구절을 읽어드릴 수도 있습니다."

그는 촘촘히 쓰인 커다란 두 장의 편지를 주머니에서 꺼내 흔들었다.

"여러분은 분명히 감동하실 겁니다. 왜냐하면 교활한 면이 있다 해도 나쁜 뜻으로 한 것이 아니라 그저 단순할 뿐더러 아기의 아버지에 대한 애정이 많이 담겨 있는 편지이기 때문입니다. 그러나 나는 여러분에게 필요 이상으로 해명을 해서 흥미를 이끌어낼 생각은 없습니다. 또한 이 만남의 자리에서 조카의 그녀에 대한 일말의 좋은 감정을 해치고 싶은 생각도 없습니다. 만일 조카가 원한다면 그를 위해 이미 준비된 방에서 교훈 삼아 조용히 읽으면 되니까 말입니다."

그러나 카를은 하녀에 대해 아무런 감정이 없었다. 점점 사라져가는 과거의 혼잡한 기억 속에 그녀는 항상 부엌의 찬장 옆에서 찬장의 판 위에 팔꿈치를 괴고 앉아 있었다. 그가 아버지가 마실 물 컵을 가지러 가거나 어머니의 심부름으로 가끔 부엌에 드나들 때마다 그녀는 그를 쳐다보았다. 가끔 그녀는 찬장 옆에서 비틀어진 자세로 편지를 쓰다가 카를의 얼굴을 보고 문득 영감을 얻기도 했다. 때로는 손으로 그의 눈을 가리기도 했지만 그는 그

녀에게 한마디도 건네지 않았다. 그녀는 부엌 옆에 있는
좁은 그녀의 방에서 무릎을 꿇고 나무 십자가에 기도를
드리기도 했다. 그럴 때 카를은 지나가다가 조금 열린 문
틈으로 수줍게 그녀를 지켜보았다. 가끔 그녀는 부엌에
서 빙빙 돌며 뛰어다니다가 카를과 마주치면 마녀처럼
웃으며 뒤로 물러나기도 했다. 또는 카를이 부엌에 들어
가면 문을 닫고는 그가 나가게 해달라고 요구할 때까지
오랫동안 문고리를 잡고 있었다. 때로는 그가 전혀 가지
고 싶어하지 않는 물건을 가지고 와서 말없이 손에 쥐여
주기도 했다. 그러다 한번은 "카를" 하고 불렀다. 그녀는
찌푸린 얼굴로 한숨을 쉬면서 예기치 못하게 말을 걸어
와 놀란 상태에 있는 그를 꾀어 그녀의 방으로 데리고 들
어가 문을 잠갔다. 그녀는 목을 조르듯이 그를 껴안고는
자기 옷을 벗겨달라고 청하면서 실제로는 그녀가 그의
옷을 벗기고 침대에 그를 눕혔다. 마치 그녀는 지금부터
아무에게도 그를 맡기지 않고 이 세상이 끝나는 날까지
자신이 쓰다듬고 보살펴주겠다는 듯한 표정을 지었다.

"카를, 오, 나의 카를!"

그녀는 외치며 그가 자신의 소유가 되었다는 것을 확
인이라도 하려는 것처럼 그를 쳐다보았다. 한편 그는 아
무것도 보지 않으려 하면서 그녀가 그를 위해 깔아놓은

여러 겹의 이불이 너무나 더워 불쾌하다고 느꼈다. 그녀는 그의 옆에 누워 그에게서 무슨 비밀스러운 말을 들으려 했으나 그는 그녀에게 아무 말도 할 수 없었다. 그러자 그녀는 장난인지 진심인지 화를 내면서 그를 흔들었다. 그리고 그의 심장 소리를 듣더니 똑같이 들어보라며 자기의 가슴을 내밀었다. 그래도 카를이 생각대로 따라 주지 않자, 그녀는 벌거벗은 배를 그의 몸에 대고는 손으로 그의 사타구니 사이를 더듬기 시작했다. 카를이 너무나 역겨워 베개에서 머리와 목을 들고 마구 흔들자, 그녀는 자기 배를 그에게 몇 번인가 갖다 댔다. 그는 마치 그녀가 자기 자신의 일부가 된 것 같았는데, 어쩌면 그런 이유에서 절실한 도움을 필요로 하는 느낌에 사로잡히게 되었다. 마침내 그는 울면서 다시 와주기를 바란다는 그녀의 말을 수없이 들으며 자기 침실로 들어갔다. 그것이 전부였다. 그런데 외삼촌은 그것을 가지고 대단한 이야기를 만들어낸 것이다. 그리고 하녀는 카를을 생각하며 외삼촌에게 그가 도착한다는 사실을 알렸다. 그 일은 잘한 일이었다. 그는 언젠가는 그녀에게 보답을 하리라 생각했다.

"그러면 이제, 내가 너의 외삼촌인지 아닌지 네게서 분명하게 얘기를 듣고 싶구나."

상원의원이 외쳤다.

"틀림없이 저의 외삼촌이십니다."

카를은 말했다. 그리고 외삼촌의 손에 입을 맞추자 외삼촌은 그의 이마에 입을 맞추었다.

"외삼촌을 만나게 되어 정말 기뻐요. 하지만 부모님이 외삼촌에 대해 나쁘게만 얘기했다고 생각하시면 오해입니다. 그 점을 떠나서라도 외삼촌의 말씀에는 몇 가지 잘못된 부분이 있는데요, 말하자면 제 말은 실제로 일어난 일과 삼촌의 말씀이 다 맞지는 않는다는 겁니다. 물론 외삼촌이 여기 미국에 계시면서 그곳의 일을 정확히 판단하실 수는 없지요. 그리고 저는 여기 계신 분들이 본인들과는 크게 상관이 없는 사건의 사소한 몇 가지에 대해 조금 틀린 정보를 듣는다고 해서 그다지 해가 된다고 생각하지 않습니다."

"말도 참 잘하는군."

상원의원은 말했다. 그러곤 이 일에 큰 관심을 보이는 선장에게로 카를을 데리고 가서 물었다.

"제가 훌륭한 조카를 두지 않았습니까?"

선장은 군대식으로 교육을 받은 사람만이 할 수 있는 방식으로 인사를 했다.

"상원의원님, 귀하의 조카를 알게 되어 기쁩니다. 저

의 배가 이런 만남을 제공하는 장소가 된 것도 매우 영광입니다. 그러나 삼등 선실에서 여행을 했다니 몹시 유감스럽습니다. 예, 물론 배에 누가 타고 있는지 어떻게 알겠습니까. 이제부터 우리는 삼등칸의 승객들이 편안한 여행을 할 수 있도록 최선을 다하겠습니다. 예를 들면 모든 미국 해운 회사의 배보다 더 낫게 말입니다. 물론 삼등칸의 여행을 편안한 수준까지 만드는 일은 아직 미흡한 점이 많긴 합니다."

"저에게는 나쁘지 않았어요."

카를이 말했다.

"나쁘지 않았다고!"

상원의원은 크게 웃으며 말을 되풀이했다.

"다만 제 가방을 잃어버린 것 같아 걱정입니다."

이 말을 하자 그는 무슨 일이 일어났었는지, 아직 무슨 할 일이 남아 있는지 생각이 났다. 주위를 둘러보았다. 사람들은 모두 아까 있던 자리에서 존중과 감탄의 눈빛으로 말없이 그를 쳐다보고 있었다. 단지 항만청 사람들만이 자기만족에 겨운 딱딱한 얼굴에 때가 좋지 않은 시간에 와서 유감스럽다는 표정을 드러냈다. 그들은 앞에 놓아둔 회중시계를 방에서 일어난 일과 앞으로 일어날지도 모르는 일보다 더 중요한 것으로 여기는 듯이 보였다.

선장이 관심을 표현한 다음으로 뜻밖에도 화부가 자신의 의사를 표시했다.

"진심으로 축하합니다."

그는 말하며 카를과 악수했다. 그럼으로써 뭔가 존중심을 나타내려는 것 같았다. 그런 다음에 그가 똑같은 축하의 말을 상원의원에게도 하려고 하자, 상원의원은 화부의 행동이 분수에 넘친다는 듯 뒤로 물러섰다. 그러자 화부도 즉시 그만두었다.

나머지 사람들은 그제야 비로소 무엇을 해야 할지 알아차리고 곧 카를과 상원의원 주위에 떠들썩하게 모여들었다. 심지어 카를은 슈발의 축하까지 받았다. 그도 고맙다고 답했다. 다시금 조용해진 가운데 마지막으로 항만청 사람들이 가세해 영어로 두 마디를 했는데, 약간 우스꽝스러웠다.

상원의원은 즐거움을 한껏 누리려는 기분에서 자신은 물론 다른 사람에게도 사소한 일까지 기억을 불러일으키려 했다. 물론 모두가 그의 뜻을 관대하게 여길 뿐 아니라 관심까지 보였다. 그래서 그는 하녀가 편지에 카를을 알아볼 수 있는 특징을 언급한 부분을 혹시 쓸모가 있을까 해서 수첩에 적어놓았다고 말했다. 그리고 하녀가 카를의 외모를 탐정처럼 정확하게 묘사하지는 못했지만 화

부가 지겨운 잔소리를 늘어놓는 사이에 기분을 전환하려고 수첩을 꺼내 그것을 장난삼아 맞춰보았다는 것이다.

"그렇게 해서 조카를 찾게 된 겁니다!"

그는 다시 한 번 축하를 받고 싶다는 어조로 말을 맺었다.

"이제 화부의 일은 어떻게 되나요?"

외삼촌이 이야기를 끝내자 카를이 물었다. 그는 자신이 얻은 새로운 위치로 이제는 생각한 것을 모두 말해도 될 거라고 여겼다.

"화부는 자신이 한 일에 대한 대가를 치르게 될 거다."

상원의원이 말했다.

"선장님이 알아서 잘 처리하시겠지. 우리는 화부에 대한 일을 충분히, 지겹도록 충분히 들은 것 같구나. 내 말에 여기 계신 분들이 모두 동의하실 게다."

"그런 감정은 일의 공정성과는 상관이 없어요."

카를이 말했다. 그는 외삼촌과 선장 사이에 서 있었는데, 이 위치가 자신이 결정권을 쥐는 데 영향력을 미치는 것 같았다.

그렇지만 화부는 자신의 일에 대해 모든 희망을 잃은 것처럼 보였다. 그는 두 손을 허리띠 속에 반쯤 찌르고 있었다. 그가 흥분해서 움직이는 탓에 허리띠에 줄무늬 셔츠가 삐죽 나와 있었다. 하지만 그는 그것에 대해 조금도 신경 쓰지 않았다. 이제 사람들이 그가 걸친 누더기를 얼마쯤 본다 한들, 그를 몰아낸다 한들 그는 이미 자신의 고충을 다 하소연한 터였다. 그는 여기에서 가장 신분이 낮은 하인과 슈발이 자기를 쫓아내는 마지막 친절을 베풀리라는 생각까지 했다. 그러면 슈발은 안정을 찾고, 경리부장이 말한 것처럼 그가 절망에 빠지는 일은 다시는 없을 것이다. 선장은 루마니아 사람만 고용할 수 있을 것이며, 온 배에서 루마니아어만 들리게 되리라. 그러면 혹시 실제로 모든 게 더 잘 돌아갈지도 모른다. 중앙 회계실에 가서 떠들어대는 화부도 없을 것이다. 그저 그가 떠들어댄 말만이 사람들의 기억 속에 얼마간 재미있는 얘깃거리로 남게 되리라. 상원의원이 분명하게 말한 것처럼 조카를 알아보는 데 간접적인 동기가 되지 않았는가. 게다가 이 조카는 여러 번 그를 도우려 했고, 자신의 신분이 밝혀지는 데 기여했다고 아까부터 진심으로 고맙다고 했다. 그러나 화부는 그에게서 뭔가 더 요구해야겠다는 생각은 하지 않았다. 말하자면 그는 상원의원의 조카일지는 몰라도 선장은 아니었다. 결국 선장의 입에서는 나쁜 결과를 알리는 소리가 나올 것이다—그런 생각을 하면서 화부는 카를을 보지 않으려 했다. 그러나 유감스

208 화부

럽게도 적들만 있는 그 방에서는 달리 시선을 둘 데가 없었다.

"일에 오해의 여지가 없도록 해라."

상원의원이 카를에게 말했다.

"이 문제는 정당성에 관한 일일 수도 있지만 동시에 규율에 관한 일이기도 하단다. 그 두 문제는, 특히 규율에 관한 일은 선장님께서 판단하시기에 달려 있다."

"물론 그렇겠지요."

화부가 중얼거렸다. 그 말을 들은 사람들은 어이가 없다는 듯 웃었다.

"더구나 막 뉴욕에 도착해 처리할 일이 산더미같이 쌓인 선장님을 우리가 너무 많이 방해했어. 그러니 우리는 당장 배를 떠나는 게 좋겠구나. 그래야 우리와 상관없는 두 기관사의 언쟁에 불필요하게 얽혀 일을 크게 벌이지 않겠지. 그리고 얘야, 나는 네가 행동하는 방식을 잘 알게 되었으니 속히 여기에서 나가는 것이 좋겠다."

"의원님을 위해 즉시 보트를 준비시키겠습니다."

선장이 말했다. 카를은 놀라웠다. 선장은 분명히 외삼촌이 스스로 체면을 떨어뜨린 것으로 보이는 말을 했는데도, 조금도 아니라고 부정하지 않았다. 경리부장은 서둘러 책상으로 달려가 전화로 수부장에게 선장의 명령을 전달했다.

"이제 시간이 촉박해."

카를이 중얼거렸다.

'하지만 모두의 기분을 상하게 하지 않고는 달리 방법
이 없어. 외삼촌이 어렵게 나를 찾았으니 이제 나는 외삼
촌을 떠날 수 없다. 선장은 친절하기는 하지만 그게 다
야. 규율 앞에서는 친절도 사라지겠지. 그리고 외삼촌은
선장에게 진심으로 이야기를 하지 않았나. 슈발하고는
얘기도 하기 싫다. 그와 악수를 했다는 것조차 후회가 되
는군. 그리고 여기 있는 다른 사람들은 모두 허섭스레기
에 불과해.'

그는 이런 생각을 하며 천천히 화부에게 다가가 허리
띠에 찌르고 있던 화부의 오른손을 끌어내 손으로 꼭 잡
고 만지작거렸다.

"왜 아무 말도 하지 않아요?"

그가 물었다.

"왜 그냥 당하려는 건가요?"

화부는 무슨 말을 해야 좋을지 생각하는 듯 이마를
찌푸렸다. 그러면서 그는 카를과 자신의 손을 내려다보
았다.

"이 배에서 오직 당신만 억울한 일을 당했다는 걸 전

잘 알고 있어요."

카를은 손가락을 화부의 손가락 사이에 넣고 이리저리 놀렸다. 화부는 아무도 자기를 나쁘게 생각지 않는다는 것을 알게 되어 기쁘다는 듯이 눈을 반짝이며 주위를 둘러보았다.

"당신은 방어를 해야 해요. '예', '아니오'를 분명히 말하지 않으면 아무도 진실을 알 수 없어요. 제 말을 듣겠다고 약속하세요. 여러 가지 이유 때문에 당신을 계속 도와드릴 수 없을 것 같아서 그래요."

카를은 화부의 손에 입을 맞추며 눈물을 흘렸다. 그리고 갈라지고 거의 생기도 없는 화부의 손을 마치 단념해야 하는 소중한 보물이나 되는 것처럼 뺨에 갖다 댔다. 그때 상원의원이 얼른 옆으로 다가와 카를을 약간의 힘을 들여 떼어냈다.

"화부가 너를 홀리기라도 한 것 같구나."

그는 말하며 카를의 머리 너머로 의미심장하게 선장을 쳐다보았다.

"네가 버림받았다는 느낌을 가지고 있을 때 화부를 만났고, 그 일에 이렇게 고마움을 전하니 참으로 기특하구나. 그러나 이제 내 생각을 해서라도 지나친 행동은 삼가라. 그리고 지금의 네 입장도 알아야지."

문 쪽에서 시끄러운 소리가 났다. 외쳐대는 소리가 들렸고, 심지어 누군가 세게 문에 부딪히기도 했다. 태도가 좀 거친 선원이 한 명 들어왔는데, 앞치마를 두르고 있었다.

"밖에 사람들이 몰려왔습니다."

그는 소리치며 지금도 여전히 밀려드는 사람들 틈에 있기라도 하듯 팔꿈치로 주위를 밀어제쳤다. 마침내 그는 정신을 가다듬고 선장에게 경례를 하려고 했다. 그러다가 자기가 앞치마를 두르고 있는 것을 알아채고 홱 잡아채 바닥에 내동댕이치며 외쳤다.

"역겨워 죽겠군. 그들이 저에게 앞치마를 둘러놓았습니다."

그런 다음에 그는 발꿈치를 모아 경례를 했다. 누군가 웃으려 했지만 선장이 엄하게 말했다.

"꽤 분위기가 좋은 모양이군. 밖에 누가 있나?"

"제 증인들입니다."

슈발이 앞으로 나서며 말했다.

"돼먹지 못한 선원들의 행동을 용서해주십시오. 선원들은 항해를 끝내고 나면 가끔씩 미친 사람처럼 날뛰곤 합니다."

"당장 들어오라고 해!"

선장은 명령을 내리고 상원의원을 바라보며 정중하지만 다급하게 말했다.

"존경하는 상원의원님, 조카 분과 함께 이 선원을 따라가십시오. 이자가 보트로 안내해드릴 겁니다. 상원의원님을 개인적으로 알게 되어 매우 영광이었고 크나큰 기쁨이었습니다. 곧 의원님을 다시 뵙고 미국 선박 사정에 대해 못다 한 대화를 나눌 수 있기를 바랄 뿐입니다. 그때에도 혹시 오늘처럼 즐거운 일로 대화가 중단되는 것도 좋겠지요."

"당분간은 이 조카로 충분합니다."

외삼촌은 웃으며 말했다.

"베풀어주신 친절에 깊이 감사를 드립니다. 그럼 안녕히 계십시오"

그는 기쁨에 넘쳐 카를을 껴안았다.

"다음번에 우리가 유럽 여행을 할 때 긴 시간을 선장님과 함께할 수 있기를 바랍니다."

"그렇게 된다면 더없이 기쁘겠습니다."

선장이 말했다. 두 신사는 악수를 나누었다. 카를은 말없이 선장에게 스치듯이 손을 내밀 수밖에 없었다. 선장은 그때 이미 슈발이 데리고 들어온 열다섯 명쯤이나 되는 사람들에게 온통 정신이 팔려 있었기 때문이다. 선원들은 약간 당황해하면서도 무척 떠들썩하게 안으로 들어왔다. 안내를 맡은 선원은 상원의원에게 앞서 가도 되냐고 양해를 구하고 나서 의원과 카를을 위해 무리를 갈라주었다. 두 사람은 인사를 하는 사람들 사이를 수월하게 지나갈 수 있었다. 선량한 선원들은 슈발과 화부의 싸움을 장난으로 받아들이고, 그런 우스꽝스러운 싸움을 선장 앞에서도 그치지 않는다고 생각하는 것 같았다. 카를은 사람들 사이에 하녀 리네가 끼어 있는 것을 알아보았다. 그에게 즐겁게 눈짓을 보내는 그녀는 선원이 내버린 앞치마를 두르고 있었다. 그녀의 앞치마였던 것이다.

그들은 계속 선원의 뒤를 따라 사무실을 벗어나 좁은 복도로 접어들었다. 복도에서 몇 걸음 가자 작은 문에 이르렀고, 거기에서 계단을 잠시 내려가 그들을 위해 보트가 준비되어 있는 곳으로 갔다. 안내하던 선원이 훌쩍 뛰어 보트에 오르자, 보트에 타고 있던 선원들이 모두 일어나 경례를 했다. 상원의원이 카를에게 조심해서 내려오라고 주의를 주었다. 그때 카를이 맨 꼭대기 계단에 서서 울음을 와락 터뜨렸다. 상원의원은 오른손으로 카를의 턱을 받치고 꽉 껴안아주면서 왼손으로 쓰다듬었다. 그들은 그런 식으로 천천히 한 계단씩 내려와 딱 달라붙은 채 보트에 탔다. 상원의원은 곧 카를에게 자신의 맞은편

에 좋은 자리를 마련해주었다. 상원의원의 지시가 떨어지자 선원들은 기선에서 떨어져 나와 곧 전속력으로 노를 젓기 시작했다. 보트가 배에서 몇 미터 떨어지자마자 카를은 뜻밖의 사실을 발견했다. 그들은 바로 중앙 회계실의 창문이 있는 배의 측면을 지나고 있었다. 창문 세 개를 전부 차지한 슈발의 증인들이 다정하게 인사를 하며 손을 흔들었다. 외삼촌도 고맙다는 인사를 보냈다. 한 선원은 규칙적으로 노를 젓는 동작을 멈추지 않으면서도 손으로 키스를 날려보내는 기교를 보여주었다. 화부는 이제 존재하지 않는 것 같았다. 카를은 무릎이 닿을 정도로 가까이에서 외삼촌을 쳐다보았다. 그러자 이 사람이 화부를 대신할 수 있을까 하는 의혹이 일었다. 외삼촌은 그의 시선을 피해 파도를 쳐다보았다. 보트는 파도에 이리저리 흔들리고 있었다.

215

5

시골 의사

Ein Landarzt

Ein Landarzt

나는 몹시 당황했다. 급하게 길을 떠나야 하기 때문이었다. 십 마일 떨어진 마을에서 매우 위독한 환자가 내가 오기를 기다리고 있는데, 환자와 나 사이의 먼 거리를 거센 눈보라가 채우고 있었다. 내가 가진 마차는 가볍고 커다란 바퀴가 달려 있어 시골 길을 달리기에 퍽 쓸모가 있었다. 나는 털옷으로 무장하고 왕진 가방을 손에 든 채 떠날 채비를 갖추고 마당에 서 있었다. 그러나 말이 없었다, 말이. 내 말은 매섭게 추운 겨울에 지나치게 무리를 한 탓에 어젯밤에 죽고 말았다. 그래서 지금 하녀가 말을 빌리기 위해 마을을 이리저리 뛰어다니고 있다. 그러나 나는 소용없는 일이라는 것을 안다. 첩첩이 쌓이는 눈에 나는 점점 움직일 수 없게 되어 그곳에 하릴없이 서 있었다. 문에 하녀가 나타났다, 혼자서. 등불이 흔들렸다. 당연하지, 누가 지금 이런 길에 자기 말을 빌려주겠는가? 나는 다시 한 번 마당을 한 바퀴 돌았다. 방법을 찾을 수가 없었다. 심란하고 짜증이 나서 이미 몇 년이나 사용하지 않은 망가진 돼지우리의 문을 발로 걷어찼다. 문은 스르르 열리더니 돌쩌귀에 의해 닫혔다 열렸다 했다. 말에게서 나는 것 같은 온기와 냄새가 훅 하고 밖으로 뿜어져 나왔다. 그 안에 줄에 매달린 흐릿한 등불이 흔들리고 있었다. 나지막한 판자 칸막이 너머에 쭈그리고 앉아 있던 남자가 푸른 눈동자의 얼굴을 드러냈다.

"마차에 맬까요?"

그는 네 발로 기어 나오며 물었다. 나는 할 말을 잃고, 다만 우리 안에 무엇이 더 있나 보려고 몸을 수그렸다. 하녀는 내 옆에 서 있었다. "자기 집에 무엇을 두고 있는지도 모르고 있었네요"라고 하녀가 말했다. 우리 둘은 웃었다.

"이랴, 형제여. 이랴, 자매여!"

마부가 외치자 힘세고 옆구리가 탄탄한 말 두 마리가 차례로 나타났다. 말은 다리를 몸에 딱 붙이고, 잘생긴 머리를 낙타처럼 숙이고, 몸통을 돌리는 힘만으로 비좁은 문틈을 비집고 나왔다. 그리고 곧 긴 다리로 김이 무럭무럭 나는 몸을 우뚝 세웠다.

"저 사람을 도와주어라."

내가 말하자 순한 하녀는 서둘러 마부에게 마구를 건네주었다. 그런데 그녀가 마부에게 다가가자마자 그는 하녀를 껴안더니 자기 얼굴을 그녀의 얼굴에 비벼댔다. 하녀는 비명을 지르며 내게로 도망쳐 왔다. 그녀의 뺨에 두 줄의 잇자국이 빨갛게 나 있었다.

"이 짐승 같은 놈아."

나는 화가 나서 소리를 질렀다.

"채찍 맛을 볼 테냐?"

그러나 나는 곧 그가 낯선 자라는 것, 어디서 왔는지도 모르고 남들이 다 거절한 일에 자발적으로 나를 도우려 했다는 것을 상기했다. 그는 마치 내 생각을 알아채기라도 한 듯 내 위협을 나쁘게 받아들이지 않고 계속 말을 살피면서 나를 힐끔 돌아볼 뿐이었다.

"타십시오."

그가 말했는데, 실제로 준비가 다 갖추어져 있었다. 나는 이처럼 훌륭한 마차를 아직 타본 적이 없었기 때문에 기꺼이 올라탔다.

"말은 내가 몰지, 자네는 길을 모르니까."

내가 말했다.

"물론이죠."

그가 말했다.

"저는 같이 가지 않습니다. 로자 옆에 있을 겁니다."

"안 돼요."

로자는 소리를 지르며 피할 수 없는 운명의 예감을 안고 집 안으로 달려간다. 나는 그녀가 문고리를 걸어 잠그는 소리를 듣는다. 자물쇠가 찰칵 잠기는 소리를 듣는다. 그리고 그녀가 자기를 찾지 못하도록 복도며 이 방 저 방을 계속 돌아다니며 죄다 불을 끄는 것을 본다.

"나와 같이 가세."

나는 마부에게 말한다.

"같이 가지 않겠다면 아무리 급하다 해도 떠나지 않겠네. 마차를 타는 대가로 자네에게 처녀를 내줄 생각은 없어."

마부가 "이랴!" 하고 외치며 손뼉을 탁 치자 마차는 마치 흐르는 물에 떠내려가는 통나무처럼 미끄러지듯 떠나간다. 나는 마부의 습격으로 내 집의 문이 산산이 쪼개지는 소리를 듣는다. 이어 내 눈과 귀는 온 감각에 고르게 밀려드는 쏴쏴 소리로 꽉 찬다. 그러나 그것도 한순간이었다. 마치 바로 내 집 문 앞에 환자의 마당이 열려 있기라도 했던 것처럼 곧 그곳에 내가 도착한 것이다. 말들은 조용히 섰다. 눈도 멈추었다. 주위에 달빛이 어렸다. 환자의 부모가 집 밖으로 서둘러 나온다. 환자의 누이가 뒤따라 나온다. 사람들은 나를 마차에서 들다시피 해서 내려놓는다. 나는 그들의 혼란스러운 얘기를 조금도 알아들을 수가 없다. 환자의 방 안 공기는 거의 숨을 쉴 수 없을 지경이다. 아무렇게나 내버려 둔 화덕에서 연기가 솟아난다. 내가 창문을 열어야겠다. 그러나 우선 환자를 먼저 보아야겠다. 비쩍 마르고, 열은 없고, 차갑지도 않고, 뜨겁지도 않고, 멍한 눈동자로, 속옷도 입지 않은 소년이 깃털 이불 속에서 몸을 일으키더니 내 목을 끌어안으며 귀에 대고 속삭인다.

"의사 선생님, 저를 죽게 내버려 두세요."

나는 주위를 둘러본다. 아무도 듣지 못했다. 부모는 말없이 몸을 숙인 채 서서 나의 진단을 기다린다. 누이는 내 가방을 놓도록 의자를 가져다주었다. 나는 가방을 열고 진료 기구를 찾는다. 소년은 자신의 청을 내 기억에 새길 요량으로 침대에서 손을 뻗어 계속 나를 더듬는다. 나는 핀셋을 집어 촛불 빛에 살펴보고 다시 내려놓는다.

'그래.'

나는 신성을 모독하는 생각을 한다.

'이런 경우에는 신들이 돕는 법이지. 없는 말을 보내 주고, 급하다고 한 마리 더 붙여주고, 게다가 넘치도록 마부까지 주셨으니―.'

나는 이제야 로자 생각이 떠오른다. 내가 뭘 해야 하지, 어떻게 그녀를 구하지, 그놈의 마부 밑에서 어떻게 그녀를 끌어낸담? 그녀에게서 십 마일이나 떨어져 있는 데다 다루기도 어려운 말을 마차에 매고 있는데 말이다. 이 말들은 지금 왠지 모르지만 끈이 느슨하게 풀어져 있었다. 어떻게 된 일인지 창문도 바깥쪽으로부터 열려 있었다. 말들은 한 마리씩 창문에 머리를 들이대고 가족들이 비명을 질러도 꿈쩍하지 않고 환자를 살펴보고 있다.

'곧 돌아가야겠구나.'

나는 마치 말들이 재촉이라도 한 것처럼 생각했다. 그러나 내가 더워서 정신이 없다고 생각한 누이가 내 털옷을 벗기는 것을 나는 그냥 내버려 둔다. 나를 위해 한 잔의 럼주가 나오고, 늙은 아버지는 내 어깨를 두드린다. 귀한 자식을 내맡겼으니 이런 허물없는 태도를 취해도 되는 것이다. 나는 머리를 가로젓는다. 노인의 좁은 소견이 불쾌한 때문인지도 모른다. 오직 그 이유로 나는 술 마시기를 거절한다. 어머니는 침대 곁에 서서 나를 그리로 오라고 한다. 말 한 마리가 천장에 대고 요란하게 힝

힝거리는 사이에 나는 소년의 가슴에 머리를 대고, 소년은 내 젖은 수염 아래에서 벌벌 떤다. 예상했던 대로다. 젊은이는 건강한 것이다. 약간 혈색이 나쁜 아이를 어머니가 걱정해 커피를 흠뻑 먹여놓았을 뿐이다. 그는 건강하며, 한 대 쳐서 당장 침대에서 쫓아내는 것이 상책일 것이다. 그러나 나는 세상을 개선하는 사람이 아니므로 그를 누워 있도록 내버려 둔다. 이 지역에 고용된 나는 너무 벅차다 싶을 정도로 변두리까지 멀리 나가 임무를 다한다. 보수는 형편없지만, 그래도 나는 가난한 사람들에게 관대하며 그들을 기꺼이 돕는다. 나는 아직 로자를 보살펴야 하고, 그 다음으로 소년이 권리가 있을 터이며, 나도 죽고 싶다. 끝날 줄 모르는 이 겨울에 내가 여기서 무엇을 하겠는가! 내 말은 죽었고, 마을에는 말을 빌려줄 사람도 없다. 나는 돼지우리에서 말을 끌어내야 한다. 우연찮게 말이 아니라면, 암돼지라도 타고 떠나야 할 것이다. 사정이 그렇다. 이제 나는 가족들에게 고개를 끄덕인다. 가족들은 그 사정에 대해서는 아무것도 모르는데, 만약 안다 해도 믿지 않을 것이다. 처방을 쓰는 일은 쉽지만 사람들을 이해시키는 일은 어렵다. 이제, 이것으로 나의 방문은 끝난 것 같다. 사람들이 또 한 번 나를 헛수고하게 만든 것이다. 그 일에 나는 익숙해졌다. 이 구역 전체가 내 야간 종을 이용해 나를 고문한다. 그러나 이번에는 로자까지 내주어야 했다. 수년간 내 집에 살면서도 거의 관심을 끌지 못했던 그 아름다운 소녀─이 희생은 너무나 크다. 아무리 좋은 뜻을 가졌다 해도 내게 로자를 다시 돌려줄 수는 없는 이 가족들에게 맞서지 않기 위해 나는 어떻게든 생각을 정리해두어야 한다. 그런데 내가 가방을 닫고 털옷을 달라고 손짓을 하자 가족들이 모여섰다. 아버지는 손에 든 럼주 잔에 코를 킁킁거리고, 내게 실망한 빛을 보이는 어머니는─대체 이 사람들은 무엇을 기대하는 것일까?─눈물을 글썽인 채 입술을 깨물고, 누이는 피가 잔뜩 묻은 손수건을 흔들고 있다. 나는 경우에 따라서 소년이 아프다고 시인할 자세가 되었다. 나는 소년에게로 다가간다. 그는 마치 내가 몸에 좋은 수프를 가져다주기라도 하는 듯 나에게 미소를 보낸다─아, 지금 말 두 마리가 힝힝거린다. 그 소리는 높은 곳에서 명령하는 것일 터이니 진찰을 수월하게 해줄 것이다─이제 나는 발견한다. 소년은 실제로 병을 앓고 있다. 그의 오른쪽 옆구리, 허리 부분에 손바닥만 한 상처가 벌어져 있었다. 그것은 여러 가지 색조의 장밋빛으로, 깊은 곳은 색이 어둡고 주변으로 갈수록 엷어진다. 불규칙적으로 오톨도톨하게 피가 맺혀 있고, 마치 광산의 윗부분처럼 열려 있다. 멀리서 보면 그렇다. 가까이에서 보면 더 심하게 드러나 보인다. 누가 이 상처를 보면서 흠칫 놀라지 않을 수 있겠는가? 굵기와 길이가 내 작은 손가락만 한 벌레들이 피로 빨갛게 물든 채 상처의 안쪽에 착 달라붙어 빛을 향해 꿈틀거리고 있다. 조그만 하얀 머리와 수많은 작은 다리가 드러난다. 불쌍한 소년, 너를 도울 방법이 없구나. 나는 너의 커다란 상처를 찾아냈다. 네 옆구리에 있는 이 꽃으로 인해 너는 죽을 것이다. 가족들은 기뻐한다. 내가 일하고 있는 것을 보고 있다. 누이는 그것을 어머니에게 말하고, 어머니는 아버지에게, 아버지는 몇몇 손님에게 얘기한다. 손님들은 발뒤꿈치를 든 채 두 팔을 펴고 균형을 잡으면서 달빛을 뚫고 열린 문으로 걸어 들어온다.

"저를 구해주실 건가요?"

소년은 자신의 상처 속에 있는 생명체로 인해 완전히 기겁을 하고 훌쩍거리며 속삭인다. 내 구역의 사람들은 다 이렇다. 그들은 옛 신앙을 잃었다. 사제는 집에 앉아 미사복을 하나씩 하나씩 갈가리 찢는다. 그러나 의사는 부드러운 외과의의 손으로 모든 일을 해내야 하는 것이다. 자, 좋으실 대로. 내가 자청하지는 않았으니까. 당신들이 나를 성스러운 목적으로 쓴다면, 나 역시 그렇게 하

228 시골 의사

도록 내버려 둘 수밖에. 하녀를 강탈당한 늙은 시골 의사
인 내가 그밖에 뭘 할 수 있겠는가! 그들이 온다. 가족과
마을의 연장자들이 와서 내 옷을 벗긴다. 교사를 선두로
한 학교 합창단이 집 앞에 서서 다음과 같은 가사를 몹시
단조로운 멜로디로 노래한다.

그의 옷을 벗겨라, 그러면 그는 치료할 것이다.
그러고도 그가 치료하지 않으면, 죽여버려라!
그저 의사일 뿐이니, 그저 의사일 뿐이니.

그런 다음에 나는 옷이 벗겨졌고, 고개를 갸웃하고 손
가락을 턱수염에 댄 채 사람들을 가만히 쳐다본다. 더없
이 침착함을 유지하는 나는 모든 이보다 우월하다. 앞으
로도 그럴 것이다. 그럼에도 불구하고 그 사실이 나에게
아무 도움이 되지 않는다. 그 이유는 지금 그들이 내 머
리와 다리를 붙잡고 침대로 옮기고 있기 때문이다. 그들
은 상처가 있는 옆구리 쪽의 벽으로 나를 눕힌다. 그러더
니 모두 방을 나가고 문이 닫힌다. 노랫소리도 멈추었다.
구름은 달을 가리고 이불이 나를 따뜻하게 덮고 있다. 창
문 안으로 두 개의 말대가리가 그림자처럼 흔들린다.
    "그거 아세요."

내 귀에 대고 하는 소리가 들린다.

"전 선생님을 그다지 믿지 않아요. 선생님은 어디엔가 떨어졌을 뿐이지, 제 발로 걸어오신 것도 아니잖아요. 저를 돕기는커녕 임종의 침상만 비좁게 하시는군요. 차라리 선생님의 눈을 후벼 파내버렸으면 딱 좋겠어요."

"맞아."

내가 말한다.

"수치스러운 일이야. 하지만 난 의사다. 내가 뭘 해야 한다는 거냐? 나로서도 쉽지 않은 일이란 것을 알아다오."

"그 따위 변명으로 제가 만족해야 하나요? 아, 그래야겠죠. 항상 저는 만족해야 하죠. 아름다운 상처를 가지고 이 세상에 태어났어요. 그게 저의 전 재산이랍니다."

"젊은 친구."

내가 말한다.

"너의 결점은 너에게 전체를 조망하는 능력이 없다는 거다. 이미 온갖 환자의 방을 두루 돌아다녀 본 내가 말해주마. 너의 상처는 그렇게 심하지 않아. 도끼가 두 번 날카롭게 스쳐서 생긴 것이야. 많은 사람이 숲에서 옆구리를 내놓고도 도끼 소리조차 거의 듣지 못하는데, 하물며 도끼가 가까이 오는 소리를 듣는다는 것은 말할 것도 없지."

"정말로 그런가요, 아니면 열에 들뜬 저를 속이시는 건가요?"

"정말로 그래. 보건소 의사의 명예를 걸고 하는 말이니 새겨들어."

소년은 이 말을 듣고 조용해졌다. 이제 내 구원에 대해 생각할 시간이었다. 말들은 여전히 충실하게 제자리에 서 있었다. 나는 옷과 털옷 그리고 가방을 얼른 움켜쥐었다. 옷을 입느라 꾸물거리고 싶지 않았다. 말들이 이곳으로 올 때처럼 빨리 달려준다면, 분명히 나는 이 침대에서 내 침대로 뛰어들다시피 할 것이다. 말 한 마리가 순순히 창문에서 물러났다. 나는 짐 꾸러미를 마차 안으로 던졌다. 털옷이 너무 멀리 날아가 소매 한쪽만 겨우 갈고리에 걸렸다. 그것으로 됐다. 나는 말 위에 뛰어올랐다. 끈이 느슨하게 풀려 있어 말 두 마리가 서로 제대로 엮이지도 않은 채 마차는 흔들거리며 뒤에 붙어 오고, 맨 끝에는 털옷이 눈 속에 질질 끌려왔다.

"이랴!"

나는 외쳤으나 말들은 따르지 않았다. 우리는 마치 노인들처럼 천천히 눈 덮인 벌판을 지나갔다. 우리 뒤에서 아이들이 부르는 새로운, 그러나 잘못된 가사의 노래가 오랫동안 울렸다.

　　환자들이여, 기뻐하라. 의사를 너희 침대에 눕혀놓았
　다!

　이런 식으로는 결코 집으로 돌아가지 않을 것이다. 번
성하던 내 진료실은 사라졌다. 후임 의사가 내 자리를 넘
보고 있지만, 헛된 일이다. 그는 나를 대신할 수 없다. 내
집에서는 역겨운 마부가 날뛰고 있고, 로자는 그의 제물
이다. 그것을 골똘히 생각하고 싶지는 않다. 발가벗은 채
불행한 이 시대의 혹한에 나앉아 현세의 마차를 타고 내
세의 말들에게 이끌려 늙은 나는 이리저리 떠돌고 있다.
내 털옷은 마차 뒤에 걸려 있지만 손이 닿지 않는다. 그
리고 환자들 중에는 몸을 움직일 수 있는 자들도 있지만
어느 한 놈도 손가락조차 까딱하지 않는다. 속았다! 속았
어! 잘못 울린 야간 종소리를 따르다니—다시는 돌이킬
수 없는 일이다.

사람은 무엇으로 사는가
톨스토이 지음 | 방대수 옮김

사람은 무엇으로 사는가 2
톨스토이 지음 | 방대수 옮김

위대한 개츠비
피츠제럴드 지음 | 방대수 옮김

별
알퐁스 도데 지음 | 신혜선 옮김

어린 왕자
생텍쥐페리 지음 | 김경미 옮김

탈무드
조장희 엮음

선물

오 헨리 외 지음 | 방대수 외 옮김

꼬마 철학자

알퐁스 도데 지음 | 김혜경 옮김

톨스토이 단편선

톨스토이 지음 | 방대수 옮김

포우 단편선

에드거 앨런 포우 지음 | 배원석 옮김

독일인의 사랑

막스 뮐러 지음 | 서유리 옮김

월든

헨리 데이비드 소로 지음 | 김성 옮김

안네의 일기

안네 프랑크 지음 | 서유리 옮김

오 헨리 단편선

오 헨리 지음 | 김성 옮김

오페라의 유령

가스통 르루 지음 | 김경미 옮김

동물 농장

조지 오웰 지음 | 공경희 옮김

젊은 베르테르의 슬픔

괴테 지음 | 서유리 옮김

80일간의 세계일주

쥘 베른 지음 | 김경미 옮김

첫사랑

투르게네프 지음 | 이상길 옮김

파리의 노트르담

빅토르 위고 지음 | 신정아 옮김

지킬 박사와 하이드

로버트 루이스 스티븐슨 지음 | 공경희 옮김

도련님

나쓰메 소세키 지음 | 권남희 옮김

옮긴이 송소민

이화여자대학교에서 독문학 박사 학위를 취득하고, 독일 베를린 자유대학에서 수학했으며, 이화여대 독문과 강사를 지냈다. 지은 책으로는 『독일 여자가정교사 소설의 문학사회학적 고찰』과 『물의 요정을 찾아서』(공저) 등이 있으며, 옮긴 책으로는 『젊은 베르테르의 슬픔』 『일 년에 열두 남자』 『성공의 보디랭귀지』 『모두가 침묵하는 아이』 『러브 아카데미』 『프린치페사』 『클림트』 『삶의 속도를 늦춰라』 『돈이 주는 행복』 등이 있다.

변신

초판 1쇄   2017년 2월 15일
지은이   프란츠 카프카
옮긴이   송소민
펴낸이   김영재
펴낸곳   책만드는집

주소   서울 마포구 양화로3길 99 4층 (04022)
전화   3142-1585·6
팩스   336-8908
전자우편   chaekjip@naver.com
출판등록   1994년 1월 13일 제10-927호

---

* 잘못 만들어진 책은 구입하신 서점에서 교환해드립니다.

ISBN   978-89-7944-599-2 (04800)
ISBN   978-89-7944-591-6 (세트)